10|18
12, avenue d'Italie — Paris XIIIe

L'AIR D'UN CRIME

PAR

JUAN BENET

Traduit de l'espagnol
par Claude MURCIA

10|18

« Domaine étranger »
dirigé par Jean-Claude Zylberstein
LES ÉDITIONS DE MINUIT

Si vous désirez être régulièrement tenu au courant
de nos publications, écrivez-nous :

Éditions 10/18
c/o 01 Consultants (titre n° 2856)
35, rue du Sergent Bauchat
75012 Paris

Titre original :
El aire de un crimen

ISBN 2-264-02559-X

I

Un matin de plomb, le cadavre d'un homme apparut sur la place de Bocentellas. Pendant deux jours, le fait prit place dans la série d'événements étranges et sans lien qui survinrent cette année-là entre le début du beau temps et la moitié de l'automne, quand une précoce chute de neige ferma les cols, isola quelques villages et hameaux et annula toute activité au pied des montagnes de Mantua et de l'Hurd. Durant ces deux jours, la trouvaille provoqua les mêmes soupçons exactement et les mêmes suppositions qu'avaient suscités pendant un siècle — avec une parenthèse pour la guerre civile — tous les cadavres que la montagne avait expulsés en été, en réponse aux nombreux regards interrogatifs de ceux qui ne savaient que tenir les mancherons de la charrue ou écarter un store quand un étranger passait sans s'arrêter en direction des hauteurs. Pendant deux jours on parla de lui, mais au bout d'une semaine, en raison peut-être du caractère officiel et légal que revêtit la reconnaissance du corps, personne n'en fit plus mention : conjuration spontanée du silence ou bien plutôt ordre d'en haut dont personne ne savait ou ne voulait dire l'origine ?

Le cadavre apparut sur la place du village, assis par terre, la tête inclinée sur la poitrine, couverte d'un chapeau de paille, le dos appuyé contre les pierres de taille de la fontaine, les jambes tendues et les pieds nus et ouverts, indiquant deux heures moins dix, la plante noire. Le premier à le décrire fut Domingo Cuadrado, propriétaire de vignes et beau-père de Chaflán, un des hommes les plus riches de la région. C'était un samedi et il s'était levé très tôt ; il avait attaché les mules à la citerne qu'il mena sur la place, avant qu'il ne fît jour, pour la remplir avec l'eau de la fontaine à l'aide d'un tuyau d'arrosage et, comme le conduit à cette époque avait peu de débit, il calcula qu'il mettrait au moins une heure à la remplir à ras bord. Ainsi donc il attacha les mules à un bout de fer de la vasque, vérifia qu'il ne s'échappait pas une seule goutte du raccord du tuyau au conduit et retourna chez lui déjeuner d'un morceau de pain, de lard et de vin, avant une matinée assez fatigante dans les vignes. Sa maison était dans la partie haute du village, le quartier des Marmites. Malgré tout — et comme le débit de ce conduit, qui se tarissait aussi vite qu'il jaillissait à gros bouillons, exprimant des soupirs de soulagement et de peine ou des rugissements de colère et même, selon certains, des augures menaçants dans une étrange langue antérieure à la celte, était tout sauf régulier —, avant qu'il ne s'écoulât une heure il était revenu sur la place pour mesurer avec un bâton le niveau d'eau, alors que déjà s'étaient ouvertes quelques portes et levés quelques stores. Ce fut à son retour qu'il découvrit le cadavre ; il ne le prit pas pour tel, mais pour le corps d'un individu quelconque qui cuvait là son vin du vendredi. La citerne n'étant remplie qu'à moitié, il décida d'attendre avec un verre de marc chez Modesto, qui avait ouvert son établissement, placé la douzaine de chaises sur les tables et se disposait à balayer et à laver le sol. Du seuil de la taverne, le verre de marc à la main, il remarqua les jambes. Il donna un coup de coude à Modesto, qui resta à les observer, le menton appuyé sur le manche du balai. Plus tard on en vint à dire que cette petite heure pendant laquelle il s'était absenté avait été décisive, sinon pour la perpétration du crime, du moins pour le transport du cadavre jusqu'à la place du village, puisque Domingo affirma que le corps n'était pas là lorsqu'il était venu le matin à la fontaine pour la première fois. La valeur de cette affirmation fut rapidement mise en doute, dans les commentaires de toutes sortes qui circulèrent au village pendant une semaine, surtout chez le même Modesto aux premières heures de la nuit, car il était difficile de croire qu'il aurait pu le voir la première fois s'il ne l'avait pas vu la seconde, obligé qu'il fut d'attendre pour cela d'être à la porte de la taverne. Arrivant au centre de cette place très en pente par la rue de l'Arc, l'artère principale du haut quartier, après avoir adossé la charrette au conduit qui lui faisait face, il aurait eu du mal à voir un corps allongé contre la partie basse et opposée du parapet et caché par celui-ci. En privé, Domingo, à qui parvint immédiatement cette objection, se défendit en disant qu'avant d'adosser la charrette au conduit du haut il avait jeté un coup d'œil aux autres pour déterminer lequel d'entre eux donnait le plus d'eau, de sorte qu'il pouvait bien le jurer sur la tête de toute sa famille, quand il était arrivé pour la première fois sur la place il n'y avait ni corps ni âme. Cette explication ne satisfit pas non plus pleinement, car un homme connaissant aussi bien le régime de la fontaine que Domingo Cuadrado devait très bien le savoir : quel que soit son comportement fantaisiste, ses quatre conduits donnaient toujours une eau semblable, abondante ou rare, fraîche ou chaude, sereine ou inquiète, silencieuse ou bruissante. Comme il se produit toujours lorsqu'une affaire grave dépend de la vraisemblance d'une autre, futile, très vite le village divisé en deux camps s'empêtra dans une controverse sur la similitude ou la disparité de comportement des quatre conduits : on allait jusqu'à affirmer à la fois qu'ils donnaient toute l'année la même eau, qu'il n'y avait pas deux jours pareils, qu'ils procédaient de quatre sources distinctes, que chacun correspondait à une saison différente, que les uns fournissaient de l'eau pour boire et les autres pour bouillir ; en somme, personne ne connaissait la fontaine dont ils avaient bu l'eau toute leur vie, comme leurs parents et leurs ancêtres. Et lorsque l'énigme du cadavre s'évanouit sans avoir été résolue, longtemps encore traîna le problème de la fontaine, à laquelle beaucoup consacrèrent des heures d'étude, d'analyse et de discussion, comme s'il s'agissait d'un objet tombé du ciel, sans histoire antérieure à ce torride samedi d'un mois de juillet inquiétant et augural.

Une fois seul, Modesto continua à balayer et à nettoyer le local de toute la saleté accumulée la veille au soir. Le second client entra lui dire bonjour et mentionna le corps étendu près de la fontaine. Lorsque Modesto y alla pour un nouveau seau, ce ne fut pas précisément la curiosité qui le poussa à jeter un coup d'œil : Modesto n'était pas un homme curieux et ce genre de choses n'aurait pu réveiller des sentiments bien enfouis. C'était un homme ordonné, extrêmement posé, qui parlait peu, capable de supporter, les deux mains sur le comptoir, avec des signes d'assentiment brefs et réguliers, le bavardage insipide d'un client solitaire pendant que ses yeux parcouraient le local à la recherche d'un objet qui ne fût pas à sa place. Il lui poussa la pointe du pied, qui reprit sa position initiale avec l'énergie d'un ressort ; il le secoua légèrement par l'épaule sans qu'il se troublât, et c'est seulement quand il tenta de relever son chapeau de paille, enfoncé sur la nuque jusqu'à aplatir les oreilles, qu'il eut la sensation qu'il s'agissait d'un mort. Ce n'était pas de la curiosité, absolument pas ; c'était tout au plus le même principe, étendu à l'ensemble de la place, qui le poussait à apprêter le local pour les premières heures de la matinée du samedi.

L'homme était jeune, d'aspect étranger, les cheveux blonds ébouriffés et le teint assez blanc, les yeux ouverts en un strabisme convergent. Au centre du cou et juste au-dessous du menton on voyait le trou noir d'une balle qui était sortie derrière la nuque par un orifice beaucoup moins large. Les deux marques étaient propres, sans aucune trace de sang ni autre indice de violence qu'une touffe de cheveux collés par un caillot. Mais l'homme avait un trou à son pantalon et une blessure de gros plomb à la cuisse gauche. Lorsqu'ils l'étendirent par terre sur une couverture, et avant qu'une autre ne le recouvrît, quelqu'un dans le cercle d'hommes, de femmes et d'enfants qui l'entourait et l'observait — sans beaucoup de curiosité —, dit : « Celui-là, on l'a tué pendant qu'il dormait. »

L'affaire ne serait pas allée plus loin si ce lundi-là le capitaine Medina, de passage à Región, n'était descendu en camion et n'avait fait quelques courses dans le village : deux porcs, deux sacs de farine et deux de riz, des pots d'huile et quelques autres victuailles. Le capitaine, on le voyait de moins en moins ; un an auparavant, il avait encore l'habitude de descendre une ou deux fois par quinzaine au village, en dehors des brèves permissions de fin de semaine qu'il aimait passer à Región le plus souvent possible. Lors de son incorporation à la forteresse du col, cela faisait au moins cinq ans, le capitaine était un homme jeune et courageux, qui cachait le secret d'une mutation imposée, conséquence probable d'une faute qu'en son for intérieur il avait acceptée avec un sens militaire de la discipline — c'est-à-dire sans se complaire à ressasser sombrement l'injustice avec laquelle on l'avait traité — et qu'il était prêt à purger sans la moindre réticence. Pendant quatre ans, son poste au commandement de la compagnie affectée à cette forteresse perdue, romantique, à moitié en ruine et altière avait représenté non seulement un soulagement pour la troupe mais aussi une sécurité, une garantie et une promesse d'assistance pour la population clairsemée des environs de San Mamud dans les moments d'adversité. A l'exception de Mantua et du ténébreux massif montagneux de l'Hurd — c'est-à-dire pas au-delà, vers l'est, de la montagne du Moine ni plus au nord, vers l'ouest, que la cabane de l'Indien, ultime avancée de la civilisation dans le royaume des vaticinations —, le capitaine Medina avait tout parcouru avec sa troupe, que ce fût pour secourir quelque habitant juché sur la cheminée de sa baraque recouverte par les eaux du Torce, organiser une battue dans la montagne, dégager un cadavre des avalanches et des coulées de Soceanos, procéder aux réquisitions et aux confiscations, ou porter de l'eau à une poignée de bêtes isolées dans le désert pendant les tempêtes de poussière de septembre. Outre sa bonne volonté et son attitude courageuse, les meilleurs attributs — ou les armes les plus efficaces — du capitaine Medina étaient deux camions, un 3HC et un Isotta-Fraschini, tous deux datant de la guerre, tous deux à deux essieux, tous deux rescapés non pas tant des combats de Guadalajara, Teruel, La Loma et l'Ebre que des innombrables agressions par lesquelles le chalumeau de fabrication nationale avait dû prolonger le séjour sur notre sol de ces admirables machines étrangères. Jamais on ne vit les deux camions ensemble, car, pour que l'un fonctionnât, l'autre devait obligatoirement être en réparation. Ils étaient comme ce ménage américain dont les deux membres ne sont jamais simultanément dans la même pièce ; ou comme la Pitié et l'Orgueil, l'Envie et la Charité dans leurs successives et contradictoires visites à une âme tourmentée ; et tous deux avaient une personnalité, voire une fonction, différente : pour les uns, en apparence les plus nombreux, l'italien était le bon et le blond le méchant, cependant que pour d'autres — plus secrets et sibyllins, et qui dans leur tréfonds exagéraient leur conviction jusqu'à la convertir en un ressentiment intransigeant — c'était l'inverse. Et ce qui est certain c'est que d'une façon générale l'Isotta, avec son museau aplati, ses deux petits phares déprimés et sa manivelle oscillante comme la langue d'un chien joueur, survenait toujours dans des missions de secours, alors que le 3HC, avec son curieux pare-brise fendu et dissymétrique, sa silhouette sévère de lignes droites orthogonales, son allure de vaincu indemne, se montrait lors des missions punitives. Aussi quand, enveloppée dans le nuage de poussière du chemin, entre les coteaux couleur brique, apparaissait, comme une allégorie, la rayonnante cabine de l'Isotta couronnée de cinq têtes, le passant était en droit de supposer que non loin de là quelque chose ou quelqu'un était en train de se carboniser ; et si en revanche surgissait la ligne de croiseur du paisible et robuste 3HC, la moustache chenue sous le radiateur et le canon des fusils dépassant des ridelles, personne n'hésitait à penser qu'un conscrit avait pris le maquis, profitant des ombres de la nuit et obéissant pour la centième fois aux vétérans qui conseillaient d'aller chercher la chimérique liberté toujours vers le sud, jamais vers Mantua.

Le caractère du capitaine avait changé depuis quelques mois ; on le voyait à peine, bien qu'il respectât ponctuellement ses rendez-vous avec le devoir. Mais le devoir a ses habitudes... et son rythme ; quand il se manifeste en dehors de la routine, combien de fois ne présente-t-il pas le visage de celui qui est appelé à le remplir ? Progressivement, le capitaine s'était renfermé, vaincu par le découragement général régnant chez tous les fonctionnaires en poste dans la région. A une certaine époque, on avait dit qu'il était d'une autre espèce qu'eux ; que, grâce à sa jeunesse et à son tempérament, et aussi parce que son temps dans le fort — pénitence d'une faute sans grande gravité — devait être de courte durée, il serait capable de sortir de cette épreuve sans dommage, et même avec de brillants états de service de nature à l'aider dans sa carrière ultérieure. Au début, le capitaine semblait conscient de tout cela ; sans jamais se dérober, il manifestait son zèle, trop de zèle peut-être ; comme s'il avait accepté son destin moins comme une récompense que comme l'occasion, non seulement de laver sa faute, mais aussi de voir ses qualités militaires reconnues, ratifiées par la vie civile. Cependant, l'enthousiasme qu'avait engendré cette heureuse défaillance passée était sans doute favorisé par l'acuité et l'intensité de la pénitence : à aucun moment de son accomplissement il ne devait décroître. Parce que, de toute façon, le capitaine était un homme qui aimait l'action par-dessus tout ; et qui dans l'action trouverait sa rédemption et le moyen de revenir à ce monde auquel il ne pouvait penser sans nostalgie. Quand au bout de trois ans il se fut familiarisé avec le pays et les convictions étrangères à son éducation, quand ces missions de caractère si particulier commencèrent à prendre une allure routinière, quand il commença à craindre que ses états de service ne soient ni plus ni moins brillants que ceux de ses compagnons affectés à quelque régiment ou bureau militaire, et à soupçonner que sa propension au sacrifice s'accommoderait mieux de leur situation que de la sienne et qu'au lieu d'une brève, intense et patiente campagne dans un pays pressé par la violence s'ouvrait devant lui un long exil dans le pays de l'oubli, le capitaine sembla se laisser aller et céda souvent à l'amertume du cafard régionais. Ce fut peut-être l'origine de la méfiance qu'il manifesta à l'égard de ce qui se passa cet été-là. A ce qui, trois ans plus tôt, l'aurait poussé à une réaction fougueuse et spontanée il allait répliquer par un dédain condescendant et mal dissimulé, tenant à la sombre conviction que l'affaire manquait d'intérêt et que son intervention aurait trop peu de poids pour que, le cas résolu, elle figurât sur ses états de service. Malgré tout, le capitaine n'était pas seulement là pour faire ses preuves ; à force de participer à la vie du pays, il avait fini par s'y attacher, il avait maîtrisé sa nature désordonnée, il avait su reconnaître sa topographie sociale et économique, il l'avait parcouru à cheval de part en part, il était même parvenu à acquérir une certaine popularité — dans la mesure où c'est possible au sein d'un village plus rétif à l'engouement qu'un simple mécréant — et il avait même fait à son sujet des plans ; plans de rédemption, naturellement, pour un futur lointain, une fois accomplie sa mission dans le fort.

Mais dans son abattement il y avait de l'anxiété, beaucoup d'anxiété, cela ne faisait aucun doute. On aurait dit qu'il attendait un événement de grande importance, un événement qui, autant lui que ce village, les sortirait de l'ostracisme, réfuterait mille sentences jusqu'alors sans appel et en finirait avec la malédiction de la malédiction. Un jour viendrait où les vérités de la peur se verraient démenties par les erreurs de l'espoir et où ce village, peut-être en retrouvant la foi dans sa race et dans ses coups de houe, saurait maintenir dans l'effort la même constance qu'il avait manifestée dans le découragement. Il ne pouvait donc comprendre que les actes de violence minuscules et cachés se succèdent sans autre raison d'être que leur périodicité et sans déboucher sur un désastre de plus grandes proportions qui mettrait fin à tant de siècles d'incurie, d'usure et de résignation. Au début, il les réprima avec acharnement, sans faire grâce à aucun et sans se soucier des conséquences que pourrait avoir sur sa carrière sa décision de se constituer en justicier face à la passivité du somnolent appareil judiciaire — « parce que l'enthousiasme ne calcule jamais les sacrifices qu'il s'impose » — et, même s'il ne parvenait jamais à trouver le responsable du délit, il ne cesserait pas pour autant, avec ses moyens réduits — sa vigilance, ses deux camions, et parfois la troupe —, de le traquer jusqu'aux limites au-delà desquelles toute action resterait toujours enveloppée par le silence et l'intouchable tradition. Jusqu'à ce qu'il commençât à déchoir, à recevoir sans soubresaut la nouvelle d'une mort violente, à l'accepter comme la petite licence qui confirme l'interdiction ; à refréner l'indignation, à négliger la vengeance et à faire taire toutes les voix de protestation d'un esprit qui, ne reconnaissant plus d'autre guérison possible que sa prochaine mutation, devait s'accoutumer à attendre. On apprit ensuite qu'il avait dû subir une autre série d'épreuves : un échec à Región — en fait, sa seconde déconvenue —, la cohabitation avec un supérieur qu'il devait surveiller sans pouvoir agir sur lui, la soudaine et arbitraire conversion de son fort en prison d'abord, en un lieu de licence ensuite.

II

Le rendez-vous était fixé pour le mardi, en tout début d'après-midi, devant la maison Zúñiga, comme d'habitude. L'un d'eux arriva à l'heure, mais pas les autres. Le lieu était peu propice à une longue attente, à moins qu'on ne s'intéressât aux voix de la maison Zúñiga, et qu'on ne manifestât ce type de penchant qui entraîne un aveugle au théâtre ; l'homme décida d'attendre dehors, après avoir bu un peu d'eau à la cruche.

La maison était située à l'extrémité du barrage, sur la rive gauche de la rivière ; c'était une des dernières — et par suite un des rares endroits encore habités à cette latitude — en direction du nord, dans la partie haute du cours d'eau. De là partaient trois chemins : celui qui suivait la rive gauche du Torce jusqu'au cañon, où il se décomposait en une série de sentiers de chèvres taillés dans les deux parois, certains reliés entre eux par le câble oxydé d'un va-et-vient de mine ou d'un treuil forestier ; celui qui, sans quitter cette même rive, grimpait dans les coteaux sur quelque dix kilomètres pour se perdre tout simplement dans le désert devant un reste de clôture de ronces — deux poteaux qui marquaient sa largeur, deux fils de fer tordus, une pancarte délavée et un vieux vêtement accroché aux épines — et celui qui, après avoir traversé la rivière par le ponton de halage, parcourait les rares champs de la rive droite pour se trouver, à moins d'une demi-lieue de son origine, brutalement coupé par les impénétrables escarpements de l'Hurd. Outre un ermitage minuscule abandonné, à toiture d'ardoise, qui formait un appentis, la maison, construite sur un rocher peu élevé, avait un mirador extravagant donnant sur la rivière et tout le rez-de-chaussée était occupé par un vaste vestibule désert ouvrant sur des étables et des granges. Ce vestibule, carrelé de grandes dalles en pierre couleur de cire, ne contenait que la margelle d'un puits, un banc, un harnais pendu au mur et le début d'un escalier de bois qui, s'incurvant à deux reprises, ne laissait rien apercevoir de l'étage supérieur. Appartenant à une famille qui l'avait habitée sans interruption pendant plusieurs générations, la maison avait été une des plus riches de l'endroit ; la propriété s'étendait jusqu'aux terres communales d'El Salvador, Bocentellas et El Auge, et comprenait une bonne partie des champs sur la rive gauche des deux premiers territoires. Mais l'exode de la main-d'œuvre, le dépérissement de l'agriculture, les expropriations liées au barrage et la fermeture des exploitations minières l'avaient réduite à son état actuel, où elle subsistait grâce à quelques cultures, aux exactions sur les touristes de l'été et aux maigres dividendes du péage. La famille devait encore être nombreuse, à en juger par les voix et par les vêtements de toutes sortes étendus sur la corde de l'aire, mais elle n'apparaissait jamais ; de temps à autre, sur l'esplanade devant la maison — où un cheval entravé passait son temps à fouiller les herbes près de l'abreuvoir —, une silhouette courait se cacher derrière une clôture. Seules résonnaient quelques voix provenant toujours des étages ou de cours intérieures.

Une heure après le moment convenu, les types arrivaient dans une voiture américaine noire parsemée de chromes et de phares. Le conducteur quitta son siège et alla jeter un coup d'œil à la rivière, en quête de poisson. On voyait qu'il s'y connaissait. Les autres ne bougèrent pas de leur place ; seul celui qui était assis à gauche abaissa sa vitre.

« Où est-ce qu'il est ? demanda-t-il.

— Il n'est pas encore arrivé. Je suppose qu'il viendra de chez lui à pied. Il y a un bout de chemin.

— On avait dit quatre heures, non ?

— Il y a un bout de chemin de chez lui à ici. Je suppose qu'il sera parti après déjeuner. Je crois qu'il ne va pas tarder.

— Tout ça c'est très bien, mais ce que tu crois c'est pas le problème. Ou tu crois peut-être aussi qu'à monsieur Peris on peut lui faire perdre son temps ? Tu crois que c'est quoi, le temps de monsieur Peris ? »

L'autre regarda par-dessus la vitre, timidement, vers l'intérieur de la voiture, pour ramener immédiatement son regard à ses bottes. Il n'eut pas le temps de voir le visage de monsieur Peris qui fumait une cigarette américaine, d'un air d'ennui, tourné de l'autre côté.

« Je lui ai dit bien clairement, chef. Mais il faut comprendre ; ces gens-là sont comme ils sont. Ne croyez pas que ça a été facile de le convaincre. Ils ne sont pas habitués à ce genre de choses.

— Quelles choses ?

» ... Oui, quelles choses ? » répéta monsieur Peris,

tournant enfin la tête ; mais l'autre n'osa pas le regarder en face et, quand il s'y décida, monsieur Peris s'était de nouveau réfugié contre la vitre.

« Les affaires. Ce sont des gens qui ne connaissent rien aux affaires.

— Les affaires, hein ? On te donne une demi-heure ; si dans une demi-heure il n'est pas ici, les affaires c'est terminé, compris ? »

Celui qu'on appelait monsieur Peris donna un léger coup de coude à l'autre pour lui montrer un gobelet d'aluminium aplati. L'autre ouvrit la portière, le gobelet à la main.

« Où y a-t-il de l'eau fraîche par ici ? »

Celui qui avait attendu indiqua la maison Zúñiga, tout en commençant de s'y diriger. Il y avait une odeur d'herbe fermentée. Il prit la cruche à deux mains et remplit le gobelet jusqu'à ce qu'il débordât, lui mouillant un peu la manche.

« Fais attention ! Tu te rends compte de l'importance que ça a pour nous ? »

L'autre grogna, peu bavard.

« Tu t'es engagé à l'amener ici. C'est peut-être pas vrai que tu t'es engagé ? »

L'autre ouvrit à peine la bouche, bloqué dans sa stupidité. D'un petit étui d'argent, monsieur Peris se versa dans la paume un peu de bicarbonate qu'il jeta d'un coup dans sa bouche. Puis il rangea l'étui dans la poche de son gilet et tendit le bras par la fenêtre pour prendre le gobelet et boire une gorgée. Quand il se fut rincé la bouche, il prit une seconde gorgée qu'il recracha, en ouvrant la portière, au pied des autres. Finalement il sortit de la voiture, se pressant l'estomac et faisant de petites flexions avec le cou. C'était un homme de faible stature, habillé en noir, portant des bagues, et qui semblait découpé dans une publicité pharmaceutique puis collé sur le paysage. Ses vêtements étaient assez noirs pour se fondre dans son ombre et ses minuscules chaussures ne touchaient pas terre, comme si sa réussite dans les affaires lui avait conféré le privilège de léviter à quelques centimètres de n'importe quel sol. Ses mains étaient grassouillettes et les manches de sa chemise, garnies de boutons de manchette, lui arrivaient aux phalanges jusqu'à toucher les bagues. Il lâcha une éructation qui fut accompagnée de trois jappements égaux venant d'un lieu éloigné, derrière des branches. La cloche se réveilla furieusement en réplique aux aboiements et une fille descendit de la maison jusqu'au bord de la rivière pour détacher l'amarre du canot. Sur l'autre rive, un homme avec une casquette et une veste en peau de mouton tirait sur le câble, semblant obéir aux ordres d'un petit chien à poil long qui, de trois brefs aboiements militairement rythmés, dirigeait la manœuvre. Un long contact avec la montagne avait bruni et abîmé le peu de neige qui y restait accrochée ; seuls brillaient les thalwegs marqués par les lignes de craie, comme si un enfant les avait peints pour souligner les reliefs, et quelques névés de soie blanche mise à sécher qui laissaient s'égoutter leur humidité par des jabots de dentelle. Le chien sauta dans le canot et se plaça en proue, la tête levée, sans cesser d'émettre ses trois aboiements.

« Le voilà », dit l'homme qui était arrivé le premier, avec une évidente intonation de soulagement, et pour la première fois il osa regarder monsieur Peris. Monsieur Peris lâcha une autre éructation, moins sonore que la précédente.

A mi-chemin, le chien cessa d'aboyer, remuant la queue ; il semblait faire marcher le canot, son halètement ralenti comme l'échappement du moteur pour la manœuvre d'accostage. Il sauta à terre et attendit que son maître eût à nouveau amarré le canot pour partir en courant, grimper sur un rocher et aboyer — par séries de trois, sur un rythme de protestation — en direction du chauffeur attentif aux truites dans les trous d'eau. Plus qu'un chien, c'était un tas de poils en mouvement, un feu de poils cendrés, avec des mèches roussâtres et des yeux d'ambre plaqués sur la tête de façon si grossière que la colle couleur de résine débordait tout autour des orbites, se mélangeant aux poils.

Celui qui était arrivé le premier dit :

« C'est Amaro. Le voilà. »

C'était un homme indissolublement uni à ses vêtements, d'une teinte unique acquise dans l'intempérie ; coiffé d'une casquette, une veste de peau jetée sur les épaules, attachée à la hauteur de la pomme d'Adam par un unique bouton cassé, portant un pantalon de velours côtelé et des bottes de cuir. Sa main droite tenait une canne dont l'embout avait la forme d'une massue.

Celui qui était arrivé le premier dit :

« Amaro, ce sont les messieurs dont je t'ai parlé. »

Ledit Amaro ne manifestait pas le moindre désir de parler. Il fit une légère grimace, sans même se soucier de tendre la main aux inconnus. L'acolyte de monsieur Peris lui offrit une cigarette et du feu, mais il dut éteindre le briquet devant le retard d'Amaro qui observait tout sans hâte. Enfin il humecta l'extrémité de la cigarette, s'inclina et abrita la flamme des deux mains, la canne suspendue au coude, rejeta sans l'avaler la bouffée sur la braise de la cigarette et dit :

« Je vous écoute.

— Nous allons voir si nous pouvons nous entendre, Amaro », dit l'acolyte de monsieur Peris. Il fallait toujours qu'il en fasse trop ; il voulait sans doute prouver à monsieur Peris qu'il savait s'y prendre, et n'hésitait pas à devancer monsieur Peris lui-même.

« Je suis sûr que nous allons nous entendre. »

Mais monsieur Peris alla droit au fait :

« On vous a déjà expliqué de quoi il s'agit.

— Non, monsieur », dit Amaro, lançant sa seconde bouffée sur la lueur de la cigarette.

Ils s'observèrent un instant et chacun de son côté parcourut du regard une partie de la montagne, cherchant par où il pourrait bien commencer.

« Il s'agit d'aider un homme à passer la montagne. Un ami à nous. Nous savons que vous l'avez déjà fait. Mais cette fois-ci il y a de l'argent. Du vrai.

» ... Ce que nous appelons de l'argent », insista monsieur Peris, les mains croisées sur le ventre pour donner l'impression de solvabilité.

« Quel homme ?

— Un ami à nous, dit monsieur Peris. Un ami qui se trouve dans une situation difficile et qu'il faut aider. Il y a de l'argent. »

Amaro baissa la tête et jeta sa cigarette, qu'il écrasa et enterra avec le bout de la massue. Sans lever les yeux, il se mit à remuer la tête en manière de refus. Monsieur Peris fit signe à son acolyte de le laisser seul. Un peu dépité, comme on abandonne une épreuve sportive qu'on espérait gagner, celui-ci alla rejoindre près de la rivière le chauffeur et le chien, qui avait passé son temps à flairer les déchets de la berge et se mit de nouveau à aboyer, tout en reculant, le poil agité.

« La ferme ! »

Amaro se retourna en levant sa canne, et monsieur Peris comprit que l'affaire pouvait dépendre du chien. Ils parlèrent une demi-heure, pendant laquelle aucun des deux n'altéra pour ainsi dire sa posture : monsieur Peris les mains croisées sur le ventre et les pieds à un centimètre du sol, comme si le collage n'avait pas été bien fait, et l'autre appuyé sur son bâton, remuant négativement la tête. Pour finir, monsieur Peris sortit de son portefeuille des billets verts tenus par un trombone, que son interlocuteur laissa tomber dans la poche de sa veste après un rapide coup d'œil.

Lorsque monsieur Peris appela, les autres arrivaient déjà à la voiture.

« Nous sommes d'accord. »

Ensuite il ajouta quelque chose quant à la façon de s'entendre sur les détails, le jour et l'heure. Monsieur Peris se risqua à lui donner une tape sur l'épaule et tendit une main ; l'autre la serra à peine, de même qu'à son acolyte.

Quand les portes se fermèrent, le chien se remit à aboyer, et quand la voiture monta le raidillon, soulevant un nuage de poussière, ses aboiements s'intensifièrent et changèrent de rythme, tous ses poils agités comme par un mécanisme excentrique mal ajusté.

« Vous vous êtes mis d'accord ? demanda le premier qui était arrivé.

— Oui », répondit Amaro, lui tournant le dos pour se diriger vers la maison. L'autre le suivit. Le vestibule était frais, saturé d'une odeur sucrée de paille fermentée. Attaché à la margelle par une chaîne, il y avait un gobelet de cuivre, dans lequel il se versa un peu de l'eau de la cruche. A l'étage supérieur, la famille discutait sans jamais se montrer par la cage de l'escalier, comme elle le faisait depuis des générations.

« Vous n'allez pas raconter ça à votre père ? » C'était une voix de femme âgée mais c'étaient des mots sans âge, les mêmes mots éternels d'une lointaine et inépuisable âcreté domestique, ceux qu'on entendit dans l'arche de Noé ou que laissèrent échapper les portes du ciel quand le Créateur abandonna son foyer pour soulager sa mauvaise humeur sur la surface des eaux.

« Et alors, s'il ne le dit pas à son père, à qui il va le dire ? »

La voix était celle d'une femme jeune, prête à faire son entrée dans le glapissant éternel féminin.

« Alors, vous vous êtes arrangés ?

— Oui », dit Amaro, en même temps qu'il se versait un second verre d'eau sans penser le moins du monde qu'il n'avait pas soif.

« Et comment vous allez raconter ça à votre père ? »

III

Pendant six jours, le capitaine Medina battit la zone comprise entre San Mamud et le Quintán, entre Bocentellas et La Requerida, et arriva par le Tarrentino jusqu'au bassin du Formigoso. La méthode n'avait jamais failli. Il connaissait comme sa poche toutes les sorties de la vallée et il était capable, en moins de six heures de voiture, de ratisser la région d'est en ouest après avoir posté ses hommes à tous les points de passage. Pourtant, le second jour, à la tombée de la nuit, il commença à soupçonner que quelque chose ne se déroulait pas comme les fois précédentes ; non seulement il n'avait pas retrouvé les fugitifs mais il n'avait même pas entrevu les traces qui n'auraient normalement pas dû échapper à une personne rompue à l'inhospitalité de ces terres. Aussi, avant que ne tombât la seconde nuit, expédia-t-il vers San Mamud le caporal et le conducteur, avec instruction pour le sergent Rosario de s'engager avec l'autre voiture et un détachement en direction de La Requerida et, de là, d'organiser la battue en direction opposée à la sienne. Le matin suivant, avant le lever du soleil, il partit vers le pont de Doña Cautiva — une marche d'une vingtaine de kilomètres —, pour revenir ensuite à son point d'origine et reprendre le ratissage plus lentement, convaincu qu'un excès de confiance l'avait aveuglé et conduit à examiner trop vite certains endroits où les fugitifs auraient pu se cacher. Les fugitifs étaient deux, très jeunes. Le matin du quatrième jour, il expédia de nouveau le caporal vers Ferrellán, pour informer de la situation le sergent de la garde civile et lui demander de joindre son unité aux recherches, chose que jamais il n'avait faite ni éprouvé le besoin de faire dans le passé. Peu après midi, on lui signala que l'Isotta du sergent Rosario était tombé en panne dans la descente du col et que le sergent poursuivait l'opération à pied ; il décida de lui expédier son propre camion, car le secteur qu'il s'était réservé était beaucoup moins abrupt et fatigant. La nuit du cinquième jour, le capitaine Medina et ses vingt hommes retrouvèrent à l'endroit prévu — une ferme abandonnée, à une dizaine de kilomètres de Ferrellán — le sergent Rosario et le 3HC ; l'épuisement de la troupe les persuada d'interrompre la battue cette même nuit et de regagner par détachements San Mamud.

Le château de San Mamud s'élève sur un coteau conique d'ardoise sombre recouvert d'une végétation de bruyère et de genêts qui domine la haute vallée du Horce à la sortie des cañons de Mantua et dont la possession confère la souveraineté sur toute la montagne régionaise, y compris les terres inviolées qui tombent sous la tutelle des bergers et des gardes. Mais cette domination n'est effective que dans un ample secteur sud-occidental, le châtelain de San Mamud ne pouvant étendre son pouvoir vers le dos montagneux et nord-oriental de sa seigneurie, adjugée depuis des temps immémoriaux à la surveillance de Numa, le gardien. Le château se dresse naturellement sur un promontoire, emplacement d'un ancien camp fortifié ibérique qu'utilisa plus tard, à l'occasion d'un de ses sièges, la fameuse légion Rapax lorsque, faisant honneur à son nom, elle dévasta le pays de La Bañeza jusqu'à Pravia, de Cistierna jusqu'à Muros. Si l'on creuse sous les vastes esplanades situées entre les murailles et les barbacanes, on peut encore trouver, à un mètre de la surface, des restes de stèles et de briques, de monnaies et d'osselets, et entendre les grelots des furets que la troupe élève en cachette résonner en une succession rapide — signe d'une course rectiligne — tout au long de tuyauteries et d'égouts d'argile cuite, à la poursuite des lapereaux. Le château fut agrandi au dix-septième siècle et doté d'une enceinte fortifiée capable d'accueillir une artillerie qui n'y fut jamais placée ; au début du dix-huitième, sans autre justification que la chimérique défense du territoire en cas d'une éventuelle usurpation autrichienne, un célèbre maître d'œuvre, Pedro Abuade, le refaçonna selon le modèle pentagonal de Montsacre et, profitant de la topographie du coteau, l'équipa de deux enceintes homologues ; l'une, extérieure, surélevée, formée de cinquante-huit plans et accessible par une unique entrée principale avec un pont-levis pourvu d'une herse de fer, sur le fossé, et l'autre, intérieure, constituée essentiellement de cinq bastions — chacun d'eux dédié à un saint —, à double barbacane ; une tour cavalière, une place d'armes, huit pavillons pour loger les officiers, les gradés et les troupes, l'hôpital, l'arsenal, la chapelle, les dépôts, les citernes et les écuries. Et, bien que sa construction se vît prolongée sur presque tout le siècle, c'est à peine s'il fut utilisé ; il fut évité par Soult quand il poursuivit Moore et placé sous diverses enseignes pendant les guerres fratricides du dix-neuvième siècle. Quasiment abandonné à cause de la réduction de budget qu'entraîna la perte de Cuba, il ne reprit vie que pendant la guerre civile, comme école de sergents, pour être converti, lors de la belliqueuse paix qui suivit, en bastion contre le maquis, puis en prison militaire quand celui-ci fut exterminé. Aussi n'avait-il pas bonne réputation lorsque le capitaine Medina fut intégré au commandement de l'unique compagnie — à caractère presque disciplinaire — qui l'occupait, ce commandement étant formé des éléments les plus inquiétants du régiment du génie cantonné à Macerta.

Avant de rentrer à San Mamud, le capitaine passa par Ferrellán, pour informer par téléphone le major du régiment de la fuite des deux conscrits et communiquer leur signalement au tribunal de Región afin qu'on publiât l'avis de recherche. Une fois à San Mamud, où il arriva en milieu de matinée, il essaya de dormir, après avoir pris un verre de lait, de façon à éviter jusqu'à l'heure du dîner la compagnie du colonel. Mais cette fatigue irritée qui ne sait pas sortir de son excitation et céder la place au repos l'empêcha de trouver le sommeil ; il les chercha de nouveau à travers la montagne, dans le noir, sans réussir à imaginer d'autres moyens que ceux qu'il avait tentés en vain, avec cette insistance obstinée qui conduit une incrédulité étonnée à revenir sans cesse sur le lieu où doit se trouver l'objectif inexplicablement perdu. Le capitaine Medina ne fumait pas et buvait à peine ; il n'abusait de rien et se considérait lui-même comme un homme intègre et équilibré, doué d'une réelle vocation pour les armes. Ce matin-là, dans l'obscurité de sa chambre, il se sentit de nouveau seul et mal à l'aise, entouré de corps paisibles et proches, prêts à quelque mouvement imminent et caché, et de lointains horizons mobiles qui simulaient la quiétude ; il écouta de nouveau le murmure éloigné et lascif d'une informe entité féminine dédaigneuse de sa virilité, que n'interrompait pas le carillonnement de voix ensoleillées, protégées par l'enceinte beaucoup plus vaste et hostile qui s'étendait dans le temps et animées de cette joie zigzagante qui résonne à heures fixes dans les internats.

Lorsque le capitaine entra dans la salle à manger, le colonel était déjà à table.

« Une absence plus longue que la normale, mon capitaine », dit le colonel, ajustant la pointe de sa serviette entre deux boutons de sa tunique.

Le capitaine serra les lèvres et, quand il leva le regard sur le colonel, un de ses yeux tourna. Le capitaine comprenait parfaitement l'intention sarcastique de ce « mon » superflu et presque antiréglementaire que le colonel utilisait à sa convenance, quand il voulait le rabaisser.

« Et sans aucun résultat, à ce qu'on m'a dit, ajouta-t-il.

— C'est exact ; cette fois, ils nous ont vraiment échappé, et je ne comprends pas encore comment.

— Comment, ou plutôt par où, mon capitaine ? » demanda le colonel.

Le capitaine refusa la soupe. Le colonel, lui, vida un demi-verre de vin après les quatre premières cuillerées et s'essuya les lèvres avec affectation.

Cela faisait des mois que le capitaine vivait avec le colonel Olvera et il ne savait pas encore à quoi s'en tenir. Le colonel était arrivé de façon inopinée, un beau jour, pour faire ses arrêts dans la prison de son choix, faveur concédée par la hiérarchie en vertu de ses brillants états de service. Quand l'état-major du régiment l'informa du transfert et des conditions de la mise aux arrêts, le capitaine eut tout juste le temps de prendre l'Isotta et d'appeler de Ferrellán le taxi de Caldús afin d'être à Cabeza del Torce avant quatre heures vingt de l'après-midi, à l'arrivée du courrier provenant de Galice. C'était un homme de même stature que lui, aux traits peu expressifs et aux cheveux blancs, avec des lunettes à monture métallique dorée ; il tenait à la main une grosse serviette de documents et portait par-dessus l'uniforme une gabardine non réglementaire, boutonnée jusqu'au cou.

« Mon colonel, je me présente, capitaine Medina, de la troisième compagnie du huitième régiment du génie, en service à San Mamud.

— Mon nom est Olvera. Colonel d'infanterie José Olvera. Merci, capitaine, dit le colonel lorsque le capitaine fit le geste de prendre sa serviette, je n'aime pas m'en séparer. »

Un employé du train à l'aspect négligé laissa sur la plate-forme deux grandes valises de carton bouilli, dont l'une attachée avec des courroies.

« Vous avez amené votre ordonnance ?

— Je suis venu seul, mon colonel », dit le capitaine, tout en déposant les deux valises sur le quai. Les instructions spécifiaient que le colonel bénéficierait du traitement dû à son rang, qu'il aurait le droit de recevoir des visites et de se déplacer à son gré à l'intérieur de la forteresse, dont il ne pourrait sortir sauf autorisation écrite de la capitainerie générale de la sixième région militaire ou en cas de force majeure. Le capitaine avait préféré venir seul, par discrétion, afin de ne pas fournir d'autre témoin que Caldús à cette première rencontre un peu délicate.

Devant la passivité du colonel à l'égard de ses valises, son attitude distante et sa façon d'attendre qu'on lui ouvrît la portière arrière, il comprit qu'il ne devait pas pour le moment espérer de lui beaucoup de confidences et qu'il eût peut-être été préférable de se faire accompagner d'une ordonnance. Le nom d'Olvera lui disait quelque chose, mais il ne savait rien de lui. Il écrivit quelques jours plus tard à un compagnon d'armes en poste à La Corogne et sa réponse lui apprit une partie de l'histoire : le nom d'Olvera semblait mêlé à un timide complot monarchique où étaient impliquées plusieurs notabilités de la classe militaire, hauts gradés mécontents de la politique du régime. Le complot n'avait pas dépassé quelques visites sporadiques et isolées à la résidence du prétendant, à Estoril, quelques rares lettres, quelques conversations téléphoniques échangées entre diverses capitaineries et quelques polycopiés du brouillon d'un manifeste mal rédigé que la hiérarchie, ne le considérant pas comme un crime de sédition mais consciente de la gravité que représentait la reconnaissance d'une opposition militaire d'envergure dans un moment si délicat, préféra neutraliser par le simple expédient des mises à pied, relèves, arrêts domiciliaires, passages en réserve et relégations. A Olvera on proposa, dit-on, Mahón, Fuerteventura, Sagrada ou San Mamud ; il choisit ce dernier poste, notamment parce qu'il avait des parents ou des connaissances à Región et à Macerta. C'était, semble-t-il, un homme compétent mais un peu revêche, qui aurait déjà dû avoir atteint le généralat ; il avait bénéficié de brillants états de service pendant la guerre civile ; là, sur le front d'Aragon, il était parvenu au commandement d'une division qui, selon certains, grâce à une direction et à une organisation de premier ordre, n'avait subi que très peu de pertes et, sacrifiant l'ostentation à l'efficacité, avait permis pas mal de succès dont d'autres unités usurpèrent la gloire. Mais la carrière d'Olvera se vit freinée quand, lors des journées décisives de l'Ebre, il approuva ce général qui flanqua par terre le plan du Généralissime pour la contre-offensive. Olvera était veuf et avait une fille mariée.

Pendant le trajet jusqu'à San Mamud, le colonel ne parla pas de lui, se limitant à s'enquérir de quelques détails sur la forteresse et la carrière du capitaine. Le capitaine — qui passait par une période de découragement, en raison de problèmes personnels mal résolus et de cette inquiétude qui croît après plusieurs années passées dans un poste sans perspective de changement — avait nourri certaines illusions sur la cohabitation avec un homme de rang et de formation supérieurs qui, pensait-il, pouvait lui apporter beaucoup, tant par son expérience de commandement que par ses relations. Le capitaine sortait d'une famille modeste de capitale de province — son père était instituteur, encore en activité — et admirait plus les gens cultivés que les gens influents.

« Qu'est-ce qui vous fait supposer qu'ils ont fui vers le sud ? demanda le colonel.

— Ils ne se sont sûrement pas fourrés dans le maquis. En ce cas, ils y seraient encore.

— Et pourquoi n'y seraient-ils plus ? Ils n'ont qu'à attendre quelques jours, que la surveillance se relâche, et puis rentrer chez eux comme si de rien n'était. En première, s'ils veulent.

— L'avis de recherche a déjà été lancé...

— Je vous en prie, Medina, interrompit le colonel, laissant momentanément dans l'assiette sa fourchette piquée d'un morceau de ragoût, je vous croyais un homme sérieux. Dites que vous préférez laisser tomber et n'en parlons plus.

— Et de quoi vont-ils vivre tous ces jours-ci ? Ils sont partis sans provisions. Sans rien. Comment vont-ils résister plus d'une semaine ?

— Avec quatre femmes à leur service ? Cela vous paraît difficile ? Capitaine, il faut se servir de sa tête, sa tête. »

Le capitaine resta à le regarder, l'œil égaré. Le colonel se complaisait décidément trop aux allusions mortifiantes ; au début, le capitaine avait toujours pris ses insinuations du bon côté, comme les conseils désintéressés d'un homme plus expérimenté — et désœuvré — en vue de la bonne marche du fort ; il commençait pourtant à être fatigué de ces critiques voilées mais constantes qui, procédant d'une mentalité très différente — beaucoup plus rigoureuse, plus attachée à la discipline —, révélaient davantage une volonté de contrôle sur ses propres habitudes qu'un esprit d'assistance. C'est un peu pour cela que, quelques semaines après son arrivée à San Mamud, la troupe — au sein de laquelle le capitaine était respecté et parfois même aimé — affubla le colonel du surnom de « Belle-Mère », ce qui amusa plutôt le capitaine, informé de tout par ses subalternes.

« Vous ne savez peut-être pas qu'ils ont quatre femmes à leur service ? »

Le capitaine baissa la tête et mastiqua avec lenteur.

« Vous avez raison. »

Le colonel ne parlait jamais inconsidérément et savait fort bien mesurer ses paroles, laissant tomber avec une certaine délectation celles qui pouvaient affecter le capitaine, lequel, de son côté, se gardait toujours de négliger ses opinions et ses conseils, même s'il optait ensuite — non sans l'appréhension provoquée par la désobéissance virtuelle, mais avec le plaisir un peu enfantin de celui à qui il est momentanément permis de dominer son supérieur — pour sa propre ligne de conduite. En son temps, le capitaine s'était proposé, puisque aider le colonel n'était pas à sa portée, de rendre son séjour à San Mamud le plus agréable possible et de tenter de tirer le meilleur parti pour eux deux de cette cohabitation presque fortuite et forcée ; tout dans la personnalité du colonel le poussait à sympathiser avec lui : sa compétence, son esprit élevé, la hauteur de vue qui l'avait amené à sacrifier l'avancement à la fidélité envers ses idées et à leur défense, sa conception de l'État, plus libérale, semblait-il, que celle qui était de mise parmi ses compagnons d'armes, son courage pour passer à l'action malgré de sérieux éléments contraires, enfin le caractère emblématique d'un espoir encore incarné par des gens comme lui. Et si, dans un premier temps, le colonel ne sut répondre qu'avec beaucoup de réserve, et en maintenant la distance qui les séparait, à ses démonstrations de sympathie timides et tempérées par les lois militaires, le capitaine ne put faire moins que d'attribuer cette réserve à la méfiance naturelle que le colonel, dans sa situation, devait se sentir obligé d'interposer dans toute relation avec des collègues inconnus — peut-être endoctrinés en secret pour le sortir de l'ostracisme qu'il subissait et profiter de ses confidences afin de compléter sa fiche et d'aggraver sa situation dans l'armée —, avec l'espoir que sa sincérité et sa bonne volonté réussiraient à s'imposer au cours d'une relation suivie et amicale. Le capitaine avait pris soin d'adoucir les conditions de la détention pour tout ce qui était en son pouvoir, enfreignant même les instructions qu'il avait reçues, au risque de s'attirer un jour une admonestation ou peut-être quelque chose de plus grave. Mais, si le colonel avait risqué sa carrière dans une aventure dont les objectifs initiaux touchaient au salut public, allait-il être, lui, mesquin au point de ne rien risquer en sa faveur ? C'était une des façons pour le capitaine de lui dire qu'il était à ses côtés, que, toutes proportions gardées, l'autre devait le considérer comme l'un des siens, sinon comme un conspirateur, du moins comme un homme de sa trempe et de sa famille d'esprit qui, placé dans les mêmes circonstances, aurait agi comme lui. Quelques jours après son arrivée, le colonel sortit faire une promenade au-delà des murailles, passa le grand portail — chose strictement interdite — sans autorisation préalable et sans prévenir le capitaine, et se limita à faire ostensiblement quelques pas pour obliger le caporal, assis devant le corps de garde sur une chaise appuyée au mur, les pieds sur le barreau, et plongé dans une revue du cœur, à se lever de son siège, se mettre au garde-à-vous et le saluer, pour enfin lui rendre son salut avec la poignée de sa canne ; il s'était enfoncé sur la tête un béret noir. Le sergent Mayoral, de garde ce jour-là, prévint le capitaine, qui, bien qu'il mesurât l'importance d'un précédent aux conséquences inconfortables, feignit d'avoir été informé par l'intéressé lui-même — ne fût-ce que pour ne pas contribuer au discrédit de sa propre autorité — et se justifia en disant que, les limites du fort étant censées englober l'ensemble du coteau, il n'était pas nécessaire d'aviser le corps de garde de la sortie du colonel, afin de ne pas limiter ses mouvements, utiles à sa santé, par des formalités excessives. Tout l'après-midi le capitaine rumina la façon de dire au colonel qu'il l'avait mis dans l'embarras et qu'il espérait, son bon sens aidant, ne pas le voir s'éloigner trop du fort. Après mûre réflexion, il se décida à user, comme préambule, d'une de ces formules indirectes qui, plutôt que d'entamer de but en blanc le thème principal, trop désagréable et trop indiscret — en ce sens qu'il trahit une impatience que le locuteur désire dissimuler —, abordent un aspect ou un élément du problème pour n'atteindre qu'ensuite le fond du débat : « J'espère que la promenade vous a fait du bien, mon colonel », ou, mieux encore : « Vous avez remarqué, mon colonel, la vue qu'on a sur la vallée du premier virage de la route ? » Mais, quand arriva le moment du dîner, il n'osa pas, et la conversation se déroula comme à l'accoutumée, sans qu'il fût fait la moindre allusion au petit — mais sérieux — écart d'Olvera. Le capitaine se retira donc dans sa chambre plein d'une colère — la plus grave parce que la plus difficile à apaiser : la colère contre soi-même, l'irritation contre sa propre pusillanimité — qui devait durer plusieurs jours et mettre une note sombre dans ses relations ultérieures avec le colonel. Mais le moi ne supporte pas longtemps ses propres récriminations et — surtout lorsque les responsabilités se querellent en silence — doit trouver bien vite un coupable qui le rachète du poids de sa faute. De fait, deux jours plus tard, le capitaine Medina fomentait déjà en son for intérieur une certaine rancœur envers le colonel qui n'avait pas eu la courtoisie de faire lui-même allusion à son incartade et thésaurisait ainsi un profit qui ne correspondait pas à la générosité qu'avait montrée le capitaine en ignorant la faute, du moins en apparence. Le capitaine savait qu'au bout de quelques jours le colonel irait de nouveau se promener et, à supposer qu'il ôtât toute importance au fait d'être prévenu, devait-il vraiment s'attendre que le colonel lui dît : « Je vais faire ma promenade », ne fût-ce que pour banaliser le fait et le priver des ingrates concomitances qu'il continuerait d'engendrer tant que ni l'un ni l'autre n'en parlerait ouvertement ? Par-dessus tout, le capitaine ressentait le poids écrasant de la supériorité ; d'une supériorité qu'il était — comment faire autrement ? — disposé à admettre à tout moment et pour n'importe quoi... mais à condition que le colonel, jouant cartes sur table, n'en fît pas usage ou, en quelque sorte, la lui déléguât. Il ne parvenait pas à voir clairement quelle serait sa situation le jour où, dans son dos, on ouvrirait toutes les portes du fort à ce fantôme pour lui permettre d'errer dans les passages secrets et d'ignorer ainsi son autorité.

Avec un léger tremblement de la main qui tenait la fourchette, le capitaine répéta :

« Vous avez raison, mon colonel. »

IV

Ce matin-là, le docteur Sebastián fit le voyage jusqu'à Región, ce qui lui arrivait tout au plus deux fois par an. Il pensait être de retour chez lui dans la soirée, par le car de sept heures. C'était un des derniers jours de mai où le ciel est couvert dès l'aube, après toute une nuit de pluie douce et continue ; dans les frondaisons de la route, un incessant gazouillement pinçait le silence du dimanche qu'un pivert avait décidé de mettre à profit pour son travail solitaire, pendant que de l'étable surgissaient les inutiles mugissements des vaches, chacun protestant obscurément contre l'encerclement des ténèbres matinales. Le conducteur lui offrit le siège à côté du sien, place que personne dans toute la province n'aurait osé lui disputer.

A Ferrellán montèrent deux femmes, l'une du genre matrone, l'autre très jeune. Le conducteur fit à l'adresse du docteur un geste de connivence, dont celui-ci, enfoncé dans sa gabardine, les mains appuyées sur le manche de son parapluie, ne daigna pas accuser réception.

« Vous partez quelques jours, docteur ? »

Le docteur fit signe que non de la tête. Il n'avait jamais été bavard.

« Je rentre cette nuit.

— Beaucoup de travail. Ça commence à s'animer à cette époque. C'est toujours pareil. Mais le printemps est traître, ce n'est pas votre avis, docteur ? C'est le moment où meurent le plus de gens, vous ne croyez pas, docteur ? Surtout les vieux. Ils résistent tout l'hiver comme ils peuvent, en épargnant leurs forces, et, quand ils croient que le pire est passé », le conducteur leva une main pour saluer un berger le menton appuyé sur sa houlette, « un jour de mars ou d'avril, un changement de temps les emporte dans la tombe en moins de deux. Je le dis toujours, ne me parlez pas du printemps. Ça faisait longtemps que vous n'étiez pas venu, hein, docteur ?

— Presque un an.

— Ça a beaucoup changé. Beaucoup. On ne sait plus où on est. »

Le docteur n'écoutait pas. Absorbé dans son propre fonctionnement, attentif à sa respiration, étranger et indifférent à toutes les contraintes du progrès, il laissait son regard errer à travers un paysage à la fois proche et lointain : dans les hauteurs, les chênes et les hêtres avaient entrepris l'éclosion de leurs bourgeons, une chrysalide d'infinitésimales touches naissantes de couleur saupoudrait la ramure avant de la transformer en feuillage, et aux peupliers des vallées pendaient des lambeaux vermillon dénonçant l'inutile et sanglante violence de la fécondation.

Le car s'arrêta avant El Auge, dans le sentier des troupeaux. Amaro attendait, assis sur la borne. Le docteur ne le reconnut pas immédiatement. Debout à côté de lui, portant un balluchon noir, sa fille souriait, la lèvre inférieure pendante, regardant fixement l'autobus. Amaro l'aida à grimper sur le marchepied.

« Amaro », dit le docteur, avant que ne se referme la portière.

« Docteur », dit Amaro, qui ferma la portière sans s'attarder à le saluer, et alla s'installer avec sa fille sur l'un des sièges arrière.

Lorsque le docteur descendit à Región, Amaro s'était éclipsé par la porte du fond.

En attendant son café, le docteur feuilletait distraitement les revues dans la salle de lecture à l'hôtel des Quatre-Nations. Cela faisait des mois qu'il n'avait plus mis les pieds à l'hôtel, mais aucune des publications ne le frappa par sa nouveauté. La plupart avaient des pages arrachées et les mots croisés à moitié faits, par différentes mains, d'un tracé hésitant, et pleins de ratures.

Quand il lui servit le café — l'éternel service du café maison, léger et acide, serviette propre et effilochée, cafetière et plateau plaqué argent bosselés et jaunes —, Rogelio, le garçon de café — le même nœud papillon attaché au cou par un élastique et un fermoir qui ne daignaient pas se dissimuler sous le col de la chemise, le même torchon parsemé de taches de café sur le poignet gauche, les mêmes yeux noisette éternellement humides et le même tremblement de mains d'un être affaibli et rongé par des décennies de discrets coups de sonnette, de piétinement sur le linoléum, d'effleurement d'aspidistras et de cuillerées de soupe du jour —, l'informa :

« Vous saviez, docteur, que Fayón était revenu ? »

Le docteur l'observa, un morceau de sucre dans la pince.

« Ça doit faire quelque chose comme trois semaines ou un mois. Il va bien, il n'a pas changé.

Il a l'air en forme. C'est incroyable. Les cheveux blancs, naturellement, mais bien. Il paraît qu'il vient s'installer définitivement.

— Fayón ?

— Je crois qu'il loge chez sa sœur. Je ne sais pas s'il est là en ce moment ; il a dû aller à la capitale pour arranger je ne sais quels papiers, mais avec l'idée de revenir très vite et de rester. Il est venu ici tous les jours, à l'heure du café, comme avant. Il a souvent demandé après vous ; c'est drôle qu'il ne soit pas allé vous voir. »

Quand l'horloge sonna cinq coups, le docteur, assis dans un fauteuil d'osier de la salle de lecture, ouvrit les yeux, ses lunettes tombées sur la poitrine, la revue ferroviaire sur les genoux. Il consulta sa montre : elle avait toujours marqué la même heure que l'horloge des Quatre-Nations, comme si les avait unies une parenté invérifiable qu'aucune vicissitude n'était parvenue à affaiblir.

Dans la rue, il vit très peu de gens ; deux saluts et un arrêt devant la bourrellerie pour échanger les phrases d'usage exigées par ses longues absences. La maison des Mazón était presque dans la banlieue, près du pont d'Aragon, flanquée d'arbres corpulents et entièrement fermée ; ils n'avaient même pas touché aux contrevents métalliques ; certains étaient décrochés de leurs ferrures et attachés avec des fils de fer, et le vent avait arraché une cheminée de fer-blanc pour l'encastrer dans une conduite. D'un piton de l'auvent pendait une corde qui se balançait légèrement dans l'ombre, recevant à l'extrémité de son oscillation un rayon de soleil qui la repoussait de nouveau en arrière.

Elle le reçut dans une petite pièce du premier étage, dans un vieux et large fauteuil, une couverture au crochet sur les jambes et un napperon antibrillantine derrière la tête.

« On m'a raconté, lui dit-il au bout d'un moment, que Fayón était revenu. Qu'il était revenu pour rester.

— Je l'ai vu. Il est venu me voir dès son arrivée, toujours aussi affectueux. Il est venu seul et il a l'air de vouloir rester, c'est vrai.

— La femme ?

— Il ne m'a rien dit, et naturellement je n'ai rien demandé. Mais tu ne te souviens pas ?

— Bien sûr que je me souviens. Bien sûr que je me souviens.

— Les uns veulent revenir et les autres veulent partir ; c'est la vie, Daniel. »

Le docteur savait, quand il était entré, qu'il ne pourrait opposer qu'une faible et peu convaincante résistance. Car si d'un côté il la connaissait assez bien pour prévoir le triomphe de son obstination, d'un autre il pressentait que sa propre faiblesse de caractère le pousserait à accepter ses conditions sans presque discuter.

« Je t'ai déjà demandé quelque chose ?

— Non, jamais que je sache, dit le docteur, sans le moindre désir de chercher des arguments.

— Il faut que tu m'aides.

— T'aider ? T'aider à quoi ? Tu appelles ça t'aider ? »

Trois mois auparavant, elle était entrée dans un sanatorium avec des cavernes aux poumons et quelques heures à vivre, d'après les médecins ; pour la première fois en quatre-vingts ans elle était tombée malade, toute sa vitalité s'était effondrée, et elle demeurait maintenant dans son fauteuil jour et nuit, sans pouvoir se lever ni se coucher, après un rétablissement pénible et presque invraisemblable.

« Tu ne comprends pas que tu ne peux pas rester là-bas toute seule ? Tu ne comprends pas que tu as besoin de soins, que tu as besoin de compagnie ?

— De soins ? De compagnie ? Là-bas j'ai Antonio, qu'est-ce qu'il me faut de plus comme compagnie ?

— Antonio ! Il n'est même pas capable de s'occuper de lui. Enfin, un peu de bon sens. La maison n'est pas en état. Et qui voudra aller là-bas ? »

Le docteur savait qu'il devait escompter une réplique à chacune de ses objections et qu'il ne parviendrait pas à la dissuader par la voie d'un raisonnement qu'elle avait déjà parcouru dans toutes ses variantes.

« Je veux aller là-bas, Daniel, je veux mourir là-bas. Là-bas il y a mon père et mon fils et le peu de choses auxquelles je tiens. Il faut que tu m'aides. »

Le docteur préférait ne pas penser.

« Je ne vais pas durer longtemps, Daniel, je ne verrai pas l'automne. Je sens très bien ce qui me reste à vivre, je peux le compter comme si c'étaient mes économies et je sais que c'est très peu. Même pas un an. Je t'assure, c'est tout proche. Moins d'un an. Et je veux mourir tranquille, en regardant le peu de choses auxquelles je tiens. Il faut que tu m'aides, Daniel, pour que ça ne m'arrive pas ici.

— Quand veux-tu partir ?

— Tout de suite. »

Le docteur se leva, s'approcha de la cheminée et ouvrit le boîtier d'une horloge Empire arrêtée. Pour toute réponse, il actionna du doigt le battant de la clochette et le son produisit dans la pénombre une note affirmative. Une mouche volait dans l'ombre sans répit et les irrégularités de son bourdonnement résonnaient comme une conversation de femmes à la porte de l'église.

« Je sais très bien ce que tu vas me dire, mais c'est la seule chose que je t'aie demandée de toute ma vie. Et tu es le seul à qui je peux le demander. Si toi tu ne le fais pas, personne ne le fera. »

Le docteur referma le battant de l'horloge et dirigea son attention vers une petite boîte d'émail qui contenait des papiers, presque tous pliés, et quelques épingles de nourrice.

« Tu as fait ton testament, Tinacia ?

— Les trois ou quatre choses qui restent, une misère. Je l'ai fait il y a un mois, en rentrant de la clinique, parce que les enfants y tenaient. Presque tout est à son nom. Tu sais, les droits d'héritage. Tout ça. »

Le docteur se retourna, avança de deux pas pour se placer face à elle et la regarder dans les yeux.

« Tu ne m'as pas... ?

— Une misère, Daniel, une bêtise ; parce que je veux que tu aies un souvenir de moi.

— Supprime ça. »

La vieille femme sortit les mains de sous la couverture en crochet et se gratta le dos de la gauche avec les ongles de la droite.

« Daniel...

— Supprime ça. Enlève cette clause et ensuite nous parlerons », dit le docteur en reprenant son parapluie près de la cheminée.

Tinacia se redressa un peu, appuyant les paumes sur les bras du fauteuil, pour le regarder avec une fermeté dont elle n'avait pas usé jusqu'alors.

« Alors, tu ne veux pas...

— Non. Supprime cette clause et préviens-moi quand tu veux que je t'aide au déménagement. »

Lorsque le docteur sortit de la maison Mazón, c'était le milieu de l'après-midi. Sur le chemin du retour, il passa de nouveau aux Quatre-Nations et, au comptoir, traça quelques lignes sur une feuille à en-tête — avec un coin jaunâtre — qu'il glissa dans une enveloppe et remit au concierge.

« Quand il passera, vous la remettrez de ma part à monsieur Fayón. »

Dans le bureau des messageries attendaient une douzaine de personnes, presque toutes des gens du coin chargés de paquets et de paniers, qu'il ne connaissait pas ; le docteur alla directement saluer Amaro ; sa fille, la tête penchée, souriait en direction de la porte, la lèvre inférieure pendante.

« Comment vas-tu, Amaro ?

— Docteur », dit Amaro en se levant pour aller attendre le car sur le trottoir.

V

Quand en début de matinée le camion du capitaine Medina s'arrêta sur la place, le cadavre avait été transporté au premier étage des bureaux de la poste où se réunissait le tribunal municipal de Bocentellas, puis déposé sur la table du conseil, recouvert d'une couverture. Lorsque le capitaine sauta de la cabine du 3HC, la première chose qu'il entendit fut qu'il y avait un mort dans la maison, un homme avec une balle dans la tête, qui avait surgi le matin sur la place. Modesto et le coursier furent chargés de l'informer de l'affaire et de le conduire jusqu'au cadavre, que le capitaine examina en détail, après lui avoir ôté sa chemise et avoir découpé le morceau troué du pantalon ; il palpa avec soin les bords de la blessure au cou et introduisit même dans l'orifice la moitié du petit doigt, dont l'ongle, en ressortant, apparut taché d'une pâte noire, semblable à du goudron, et que le capitaine nettoya sur un coin de la couverture.

« Mon capitaine, vous croyez qu'ils l'ont tué pendant qu'il dormait ?

— C'est possible. Qui sait ? Ce qui est probable, c'est qu'il était couché sur le dos. Ou en position surélevée. Qui sait ?

— Vous croyez qu'ils l'ont tué à bout portant, mon capitaine ? demanda Modesto.

— Je ne crois pas. Il n'a pas de brûlures. Le coup a été tiré à plus d'un mètre de distance, certainement. Quelqu'un le connaissait ? On l'avait déjà vu par ici ? »

Ils firent tous les deux le même geste : gonflant leurs lèvres serrées et répondant non avec la tête.

« Il faut informer le tribunal et la garde civile, dit le capitaine. Mais d'abord le tribunal.

— Pourquoi d'abord le tribunal, mon capitaine ? demanda le coursier.

— Parce qu'il est plus loin, dit le capitaine, qui savait toujours ce qu'il fallait dire, et il ajouta : Il n'avait pas de papiers sur lui ? »

Les deux répétèrent le geste précédent. Le coursier le désigna du menton comme pour dire : Vous voyez.

« J'enverrai Paco à la caserne de Ferrellán. Peut-être qu'il sera de retour dans la matinée. Vous vous chargerez d'appeler le tribunal de Región, dit le capitaine en s'adressant au coursier.

— Mon capitaine...

— Qu'y a-t-il ?

— C'est qu'aujourd'hui c'est samedi, dit l'autre, en traînant sur les mots tant qu'il pouvait pour donner le temps au capitaine de comprendre et d'enregistrer.

— Samedi dix-neuf juillet. Oui, je comprends. Mais il vaut mieux que vous préveniez le tribunal le plus tôt possible. Aujourd'hui plutôt que demain. Et, en attendant, que personne ne touche au cadavre. »

C'était un événement, du fait de la présence du capitaine et de l'autorité dont il jouissait dans ces villages. Sans compter que jamais encore le maquis n'avait osé transporter ses victimes jusqu'à un endroit habité. Certes, en de rares occasions, on en retrouvait dans des chemins, des bergeries ou au pied d'une croix, toujours dans des endroits peu fréquentés — y avait-il d'ailleurs un seul endroit très fréquenté dans cette région ? —, mais généralement il les escamotait, non sans souligner leur disparition par quelque reste flottant sur la rivière ou accroché à des ronces, voyage d'aller non assorti de retour, le récit halluciné d'un témoin qui ne perdait pas de temps en détails afin d'abandonner au plus vite l'endroit, l'écho de deux coups de feu semi-nocturnes qu'on écouterait avec recueillement et que, le temps passant, quelqu'un du haut de la tour d'El Salvador, profitant de l'invasion des messagers du progrès, enregistrerait sur une bande magnétique : deux coups de feu solitaires au centre de la bande impressionnée seulement par le silence nocturne, le chant des grenouilles, les soupirs d'une âme caduque et impatiente, l'éternuement d'un sacristain, les craquements d'un escalier ou les appels d'un lointain hibou enveloppés dans la rumeur presque parfumée de quelques peupliers tremblants secoués par la brise du fleuve, tout juste capables de vaincre le bourdonnement de la petite et démoniaque bicyclette cérébralisée. Jamais jusqu'alors on n'avait eu le moindre respect, non certes pour le mort, mais pour les principes de la loi visant à lui appliquer les bons règlements administratifs ; jamais, jusqu'à ce que le capitaine introduisît la norme, on n'avait prévenu la garde civile ou le tribunal ou qui que ce fût ; le mort, on l'enterrait — sans même lui donner de sépulture chrétienne, puisqu'il est bien connu que c'étaient tous des païens, ennemis des lois du Seigneur, qui avait instauré l'inviolabilité du maquis — et on n'en parlait plus. Et pourquoi ne pouvait-on pas y toucher ? Étaient-ils faits de pétales de roses, ces morts, ou peut-être de la flanelle gazeuse du sommeil ? Ou alors c'était pour l'hygiène ?

En milieu de matinée, Paco arriva avec deux gardes civils, dont un caporal ; ils saluèrent le capitaine et procédèrent à l'établissement du procès-verbal ; le caporal s'assit à la table, après avoir écarté les pieds du cadavre pour faire de la place, pendant que son collègue rangeait la file des témoins de l'autre côté. Il tira de sa serviette quelques papiers qu'il classa plusieurs fois avec suffisance et satisfaction, le petit flacon carré pourvu d'un bouchon de liège où il mettait l'encre violette, et un porte-plume qu'il lustra contre sa manche ; la plume, il la retira de son portefeuille, enveloppée dans du papier à cigarette, et, chaussant ses lunettes, l'observa avec grand soin, l'humecta du bout de la langue puis, après l'avoir introduite dans l'encrier, la fit courir sur une feuille détachée, se délectant de ses amples tracés. Le capitaine prit congé, disant qu'il l'attendrait chez Modesto.

L'après-midi du même jour, le coursier fut expédié à Región ; le caporal s'était engagé à prendre contact avec le tribunal de la ville, dès son arrivée à Ferrellán, en téléphonant de la caserne. Le dimanche en début de soirée, il était de retour à Bocentellas, n'ayant réussi qu'à glisser sous la porte une note, adressée au greffier, dans laquelle il l'informait de tous les détails de l'affaire et demandait instamment la présence du juge au village dans les prochaines vingt-quatre heures. Car le processus que tous redoutaient était engagé dès l'après-midi du mardi : le corps commençait à sentir et une éjaculation provenant de la bouche entrouverte, qui avait recouvert presque tout le menton de la même humeur bitumeuse dont l'ongle du capitaine avait été taché, annonçait le début de sa décomposition. Aussi le lundi matin, devant les protestations du juge de paix et avec l'accord unanime de la délégation des habitants, le coursier fut de nouveau expédié à San Mamud, en vue d'obtenir la présence du capitaine au village, son autorité leur semblant largement suffisante pour prendre à l'égard du cadavre les mesures qu'il considérerait les plus opportunes et les plus conformes au bien public. Le capitaine, comme à son habitude, fit face sans attendre à la situation : un peu après midi il arrivait à cheval au village, accompagné de son ordonnance ; sans perdre de temps, il inspecta le cadavre, dont l'état l'alarma à tel point que, n'ayant pris qu'un peu de vin et quelques bouchées de viande fumée, il reprit la route, toujours accompagné de son ordonnance, jusqu'à Ferrellán, dans l'intention d'appeler personnellement au téléphone le juge de Región.

La conversation entre le capitaine et le juge fut, semble-t-il, difficile et heurtée, gênée par l'interférence de toutes sortes de bourdonnements, interrompue et reprise à chaque fois avec les mêmes phrases et les mêmes arguments. Le capitaine répéta : « sous ma responsabilité », mais le juge resta sur ses positions, exigeant qu'on ne touchât pas au cadavre jusqu'à son arrivée, l'après-midi ou même le mardi matin, et donnant des instructions au caporal pour qu'il restât en faction s'il le jugeait nécessaire. Bien qu'il n'eût pas eu beaucoup de contacts avec lui, le capitaine ne s'était jamais bien entendu avec cet homme — un ami de Chaflán, propriétaire parmi les plus puissants de la province, dont il était l'assesseur dans toutes sortes d'affaires légales —, qu'il avait toujours soupçonné d'intervenir indûment dans le dénouement de certaines affaires personnelles.

Il faisait déjà presque nuit quand il arriva de nouveau sur la place, accompagné de son ordonnance, qui, après une courte halte, poursuivit son chemin vers San Mamud, muni d'une note officielle pour le sergent Rosario relative aux consignes et mots de passe à respecter dans le fort pendant son absence. Il dîna chez Modesto, en sa compagnie ; Domingo Cuadrado, Carmelo Vales, le coursier et monsieur Casiano, propriétaire et juge de paix, se joignirent à eux au moment du café, afin d'envisager les mesures à prendre pour le cadavre, étant donné les instructions sommaires du tribunal. D'un commun accord, ils décidèrent de le transporter pendant la nuit à la glacière sur le chemin du cimetière, la plus élevée, où selon Cuadrado il restait encore un peu de glace dont ils pourraient le recouvrir pour le conserver jusqu'à l'arrivée des autorités. Ce qu'ils firent : à eux quatre — monsieur Casiano n'était plus d'âge à faire ce genre d'efforts —, aidés d'un garçon d'étable de Cuadrado — un homme trapu et un peu simiesque, d'une vigueur extraordinaire, qu'on surnommait Carbure, à cause de ce carbure dont on le voyait chargé à toute heure du jour, portant la cuve sur son dos, à angle droit avec les jambes, les bras ballants et touchant terre par les jointures, tel un babouin, et qui ne parlait que de femmes —, ils transportèrent le cadavre sur une échelle, en s'éclairant de lanternes, certains se bouchant le nez. Mais là-haut il ne restait presque plus de glace. Dans ce ravin au bord du chemin, à un endroit ombragé du coteau, existait depuis toujours une voûte en brique sous laquelle on accumulait au printemps la neige recueillie dans la montagne pour la conserver jusqu'en plein mois de juin. Il n'y avait plus qu'un tas de gravillons et d'argile rouge et quelques quartiers de glace sale qui n'auraient pu remplir un seau ; ils allongèrent le cadavre par terre sous la voûte, le recouvrirent de sacs et jetèrent par-dessus quelques pelletées de terre.

Le capitaine, qui avait couché sur un grabat chez Modesto, fut réveillé à la première heure, le mardi, par les cris de Carbure : les corbeaux allaient manger le cadavre. L'idée, qui avait pris naissance devant le comptoir de Modesto, fut semble-t-il suggérée par Carbure lui-même ; la première et dernière idée qu'il eut dans sa vie, suscitée peut-être par la compagnie du verre de marc placé devant lui et qui constituait tout son petit déjeuner. Une des curiosités de la maison était une bouteille d'eau-de-vie de un litre, transparente et de ligne élégante, contenant une salamandre immergée dans l'alcool ; l'animal, long d'au moins vingt centimètres, avait conservé ses couleurs et une vivacité apparente : il clignait même des yeux ; quand on agitait la bouteille avec énergie et qu'on la couchait en position horizontale, le petit monstre surgissait d'entre les bulles argentées de l'eau-de-vie, nageant dans l'alcool de toute la grâce de ses mouvements, une grâce que soulignait sa lassitude. Une fois de plus, le capitaine Medina s'engagea à faire les démarches nécessaires. Vers dix heures du matin il était de retour chez Modesto avec l'autorisation de Segundo Carrión, le propriétaire de la récolte, de réaliser l'opération. Il dit que cela n'avait pas été difficile, contrairement à ce qu'il avait craint ; que l'autre n'avait guère émis d'objections, qu'il n'avait pas considéré la chose comme anormale. Il avait même fini par insinuer à mots couverts qu'il savait que cela s'était déjà fait, dans une autre cave, que ce n'était pas la première fois. Medina n'avait pas parlé de décomposition.

A l'exception de Domingo Cuadrado lui-même — qui se plaignait toujours d'avoir trop de travail, de ne pas être aidé —, ceux qui avaient déposé le cadavre dans la glacière la nuit précédente allèrent le reprendre avec le chariot de Domingo. Il faisait ce matin-là une chaleur terrible, une chaleur que répercutaient les croassements des craves et des corneilles sur le chemin du cimetière et qui avait étendu sur les murs, les cyprès, le ciel et les coteaux une couche d'huile surnaturelle pour les préserver du moindre mouvement. A leur approche les craves s'envolèrent, des ombres d'ailes traversèrent le chemin, une queue et un derrière couleur cannelle se cachèrent derrière une déclivité. Le corps présentait un aspect lamentable : d'une couleur de vieux papier, les traits aiguisés et violacés, la peau tendue par l'ultime effort, vain, des os luttant pour accéder à un air qu'ils n'avaient jamais respiré et les dents, comme le résultat d'un processus industriel confus et inachevé, émergeant d'un moule inutilisable qui n'avait plus de fonction à remplir ; son visage et son torse étaient éclaboussés de taches d'argile rouge, semblables aux symptômes de peste. On respirait dans la crypte l'odeur sucrée et humide de l'haleine d'un chien.

Ils le retournèrent, enlevèrent la terre et ajustèrent la chemise ; la plante des pieds était noire, les chevilles et les orteils violets. La cave était assez loin sur la route du pont de Doña Cautiva, au-delà du croisement avec celle de Ferrellán. A mi-chemin, au bord d'un bassin, ils le nettoyèrent un peu, puisant l'eau dans un seau et l'aspergeant avec la main, tout comme Modesto lavait le sol de son établissement.

Ils lui passèrent un linge sur le visage, lui lissèrent les cheveux.

Lorsqu'ils arrivèrent au moulin à huile, le propriétaire était déjà parti, après avoir chargé un garçon de veiller à ce que les choses se fissent selon les ordres du capitaine. La cave était fraîche, ils ruisselaient de sueur. Ils se reposèrent un moment, burent un coup de rosé que le garçon apporta dans une cruche de faïence blanche tout en se permettant quelques plaisanteries à propos du bain qui attendait le mort. C'était une cave moderne, bien équipée. Seule une série de barriques était en chêne, une passerelle métallique couronnait les caves en maçonnerie et un rail muni d'un palan suivait l'axe de leurs ouvertures.

Le garçon désigna une cuve du fond, à moitié remplie, dit-il, d'un marc de verjus que le propriétaire estimait peu, qu'on utilisait seulement pour son degré élevé d'alcool, lequel permettait de fortifier d'autres vins, mais qui par lui-même n'avait guère de goût. Il fit une autre plaisanterie. Ils déposèrent le corps devant la cuve, lui passèrent une grosse corde sous les épaules, y fixèrent une élingue et le suspendirent à la poulie du palan. Carbure tira d'un coup brusque, dressant le cadavre en position assise, à peu près comme ils l'avaient trouvé sur la place de Bocentellas. Puis, comme s'il s'agissait d'une exécution, il attendit l'ordre du capitaine en maintenant la corde tendue. « Allez-y », dit le capitaine. Quand le cadavre eut décollé les pieds du sol — il avait laissé sur la dalle de béton les marques d'une ultime sueur, deux petites taches indélébiles —, le capitaine donna l'ordre d'arrêter.

Lorsqu'il s'abstrayait de ce qui l'entourait, ou qu'il passait de la contemplation d'un objet lointain à celle d'un objet proche, ou simplement quand il regardait fixement, le capitaine Medina avait un œil qui tournait. Cet œil égaré lui donnait un air d'innocence, d'homme qui ignorait les intentions cachées. Il demeura absorbé, le regard divergent, un œil sur le cadavre pendu, l'autre sur la cuve.

« Il me semble, dit-il en sortant de sa distraction, qu'il faudrait y suspendre un poids.

— Ce n'est pas la peine, dit le garçon, presque assis par terre, tirant toujours sur la corde, avec le trou qu'il a.

— Descends-le », ordonna le capitaine à Carbure, l'œil égaré.

Ils le redescendirent. Carbure apporta une pièce de soc de charrue, que le garçon écarta sous prétexte qu'elle pourrait donner mauvais goût à l'eau-de-vie ; il désigna à la place le couvercle en béton, pourvu d'un anneau, d'un regard de canalisation. A l'aide d'une autre corde, ils l'attachèrent à ses chevilles et, lorsque Carbure tira de nouveau, le corps émit un craquement, comme si une moitié s'était dissociée de l'autre.

« Eh, attention, dit Modesto, tu vas l'esquinter.

— Ces étrangers : du saindoux, dit Carbure en halant derechef.

— C'est un étranger ? demanda le garçon.

— C'était, dit Modesto.

— Ça me plaît déjà moins, dit le garçon. Allez savoir le goût qu'il va donner. »

Ils le placèrent au-dessus de l'ouverture.

« Descends-le avec précaution », dit le capitaine.

On entendit un clapotement, puis le choc timide que la dalle produisit en touchant le fond, et une grosse bulle émergea.

« Il est entièrement recouvert ?

— Je crois que oui », dit Carbure sur la passerelle, penché au-dessus de l'orifice, maintenant la corde en tension.

« Lâche de la corde, dit le capitaine, et fixe-la à la passerelle. »

Le capitaine rentra le soir à San Mamud, après avoir demandé qu'on lui signalât toute anomalie que le juge pourrait trouver lors de la levée du corps. Il était exténué. La nuit était tombée lorsqu'il aperçut au loin la petite lumière du corps de garde ; il lui restait encore une demi-heure de chemin par la rude montée du coteau, au pas fatigué du cheval dont la bouche rasait presque le sol. Il n'y avait pas de lune, on ne distinguait pas la chaîne montagneuse ; les cigales s'étaient tues, seul un ver luisant ou un grillon ajoutait une note nocturne à la nuit.

Il avait laissé derrière lui les vestiges de la tourelle du rempart et passait au pied de la première barbacane, à moins de cent mètres de l'entrée, quand une voix le surprit :

« Capitaine Medina ! »

Ce ne fut pas lui qui s'arrêta, mais le cheval, en levant la tête. La voix venait d'en haut, du sommet de la barbacane, qu'il ne parvint pas à distinguer.

« Capitaine Medina ! »

Il n'était pas armé. Il dirigea sa lanterne vers le haut du mur, mais le faisceau en était si faible qu'il n'éclaira qu'une partie écaillée du revêtement, lequel laissait apparaître les briques et quelques feuilles rachitiques.

« Capitaine Medina », la voix prit un ton moins énergique, un ton de fausset d'une ironie forcée, « ce ne sont pas des heures pour rentrer chez soi. Vous avez tort de vous promener tout seul dans les parages à ces heures-ci.

— Qui êtes-vous ?

— Un ami, capitaine Medina, un bon ami qui vous apprécie. Et qui vous conseille de vous mêler de ce qui vous regarde. Laissez la justice suivre son chemin. Ce n'est pas bon de faire la justice soi-même. Croyez-le bien, mon capitaine, croyez-le bien.

— Qui êtes-vous ? » répéta le capitaine.

Il se rendit compte que l'autre s'entretenait tout bas avec un compagnon et il se sentit l'objet d'une plaisanterie indéchiffrable.

« Un ami, mon capitaine, un bon ami », dit la voix, et l'écho du dernier mot fit comprendre au capitaine qu'ils s'éloignaient.

Le juge arriva à Bocentellas dans la soirée du jeudi, avec le taxi de Caldús. Il ne pouvait dissimuler sa mauvaise humeur. C'était un homme petit et anguleux, qui boitait légèrement, vêtu d'un costume de chevron râpé, mal adapté à la saison. Il portait un chapeau et avait moins de cœur qu'une lame de rasoir. Le chapeau était en feutre couleur souris, taché de graisse sur toute sa périphérie au-dessus du bord. Un mélange de sociétaire de casino et de joueur de belote. La doublure de son chapeau était froissée et jaunâtre, et sur la basane figuraient deux initiales : J. H. Bien qu'il fût déjà au courant, il protesta quand monsieur Casiano l'informa que le cadavre avait été transporté aux Caves Carrión. Il dit que cela ne correspondait pas à ses instructions, que dans ces villages ils ne faisaient aucun cas de la loi, à quelle justice pouvaient-ils prétendre s'ils commençaient par se moquer de la loi ? Si vous êtes arriérés, c'est que vous le voulez bien, conclut-il. Modesto resta en retrait. Monsieur Casiano, pour tenter de l'amadouer et marquer la bonne volonté de tous les habitants, dit qu'il pouvait envoyer chercher le capitaine Medina si l'autre le jugeait nécessaire. « Le capitaine Medina ? Qu'est-ce que le capitaine Medina a à faire ici ? Ici, le seul qui ait à faire, c'est moi », dit-il en enfonçant son chapeau. « Et ce monsieur », ajouta-t-il en se tournant vers le caporal, « si vous ne faites pas ce qu'ordonnent les autorités ».

Monsieur Casiano — Modesto, Domingo Cuadrado, Carmelo Vales et Carbure restèrent à l'écart, imités par les femmes du village, les mains posées sur les épaules des enfants — indiqua l'endroit où on avait trouvé le cadavre, et fournit quelques détails. Tout en prenant une bière chez Modesto, le juge demanda où étaient les Caves Carrión et, quand on le lui eut expliqué — ils s'empêtrèrent dans des discussions confuses et contradictoires sur le meilleur chemin à prendre pour y aller en voiture —, leur donna l'ordre de s'y rendre : « Deux témoins suffiront, vous et monsieur », dit-il en désignant monsieur Casiano et Carmelo Vales. Il n'esquissa pas un geste pour payer les trois bières ; c'était un des privilèges de sa profession. Il enfonça son chapeau, grimpa à l'avant du taxi, les deux gardes civils s'assirent derrière, leurs mousquetons dressés entre les genoux, et il quitta ainsi Bocentellas, où il n'était jamais venu jusque-là, répétant que de tels villages méritaient bien de rester arriérés.

Monsieur Casiano prit la précaution d'amener avec lui Carbure, pour aider le garçon à soulever le corps. Lorsqu'ils arrivèrent à la cave, le soleil était déjà bas ; le juge et les gardes civils attendaient depuis un bon moment. Monsieur Segundo — Segundo Carrión, le patron — était absent, mais avait laissé au garçon des instructions pour qu'on s'occupât de monsieur le juge et qu'on lui offrît une caisse de bouteilles — un « sangre de toro » très spécial, qui n'avait pas son pareil dans toute la province. Le juge remercia et ordonna à Caldús de la mettre dans le coffre, sans pour autant renoncer à sa mauvaise humeur.

Vales dit plus tard que, lorsqu'ils l'avaient sorti de la cuve, Carbure avait failli perdre connaissance. « On a tous failli », corrigea Carbure. « Le juge aussi ? — Non, pas le juge. — Je perdrai mes cheveux avant qu'il perde connaissance », dit Modesto avec une certaine solennité. Mais, ce qui est sûr, c'est qu'il avait dû s'accrocher à la rambarde pour ne pas tomber dans la barrique, chute qui eût été à coup sûr mortelle, vu l'intensité de la vapeur que dégageait cette éponge d'alcool. Ils attachèrent la corde à la passerelle, la laissant pendre et se balancer pour lui permettre de s'égoutter un moment. Le crépuscule était avancé et la cave très obscure, à peine éclairée par une applique sur le mur du fond. Le garçon l'essuya un peu, tordit ses vêtements. Ils le disposèrent à l'endroit même d'où ils l'avaient hissé. Allongé sur la dalle, il y laissa une grande flaque d'alcool, laquelle ne parvint pas, malgré tout, à effacer les deux petites taches de sueur. Après une brève inclination, et tout en se bouchant le nez avec son mouchoir, le juge procéda à la reconnaissance du cadavre ; il fit pivoter la tête et leva un bras qu'il laissa retomber sans aucun égard. Il enfonça son chapeau et, au moment de quitter le local, passant à côté de monsieur Casiano, dit : « On peut procéder à la levée du corps. »

Mais les autres ne bougèrent pas ; Carbure regarda monsieur Casiano, Vales fit un pas en arrière, le garçon fit courir le palan jusqu'à l'extrémité de la poutre, puis enroula la corde qu'il abandonna dans un coin. On ne voyait presque rien dans la cave. Carbure s'agenouilla et empoigna le menton du mort ; il fit signe à monsieur Casiano, qui se refusa à avancer ; Vales ne bougea pas non plus. Il dit quelque chose que personne n'entendit. Le garçon avait éteint la lumière. Après avoir fouillé dans ses poches, Carbure craqua une allumette.

« Attention, grogna le garçon ; il ne faut pas faire ça ici. »

Mais Carbure ne l'écoutait pas.

« Venez ici, monsieur Casiano », dit-il.

Quand l'autre fut près de lui, il craqua une seconde allumette.

« Mon Dieu ! »

Il en frotta une troisième.

« Viens ici, Carmelo », dit à son tour monsieur Casiano, la voix tremblante.

Il n'y eut pas de quatrième allumette. Les trois hommes comprirent tout de suite qu'ils ne devaient plus faire de lumière, que tout valait mieux qu'un constat. Il leur avait suffi d'un instant pour comprendre ce qu'ils tairaient plus tard.

C'était une tête large et robuste, assortie d'un cou infantile qui naissait d'un sac de farine. Les yeux ouverts, il semblait continuer à observer, concentré et incrédule, la transmutation dont il avait été l'objet. L'alcool avait dissipé toute coloration, sauf dans les rides des joues et des cernes, marquées par une mince ligne rouge, comme les maladroites retouches au crayon d'une photographie floue. La lèvre supérieure soulevée comme pour un grognement laissait voir la pointe d'une canine en or au centre d'une auréole que la flaque d'eau-de-vie semblait distiller de la pénombre, pendant que sous la vaste voûte du moulin à huile un chœur de trompettes muettes chantait très loin la gloire de Mantua.

VI

Au croisement du chemin pour San Mamud et de la route qui va de Bocentellas à Ferrellán existait depuis toujours une ferme à moitié abandonnée où, quelques mois après l'intégration de la classe de Barceló à la compagnie, une certaine animation avait commencé à s'éveiller. Située dans la côte, avec quelques pâturages dans la vallée, la ferme consistait en une maison de un étage, en brique et moellons, dont la toiture de tuile était presque entièrement affaissée, quelques clôtures, quelques étables et bergeries en complet état d'abandon. C'était là qu'à date plus ou moins fixe avaient coutume de camper les gitans muletiers de la Manche, dans leur migration printanière vers les foires galiciennes et asturiennes, les faucheurs de Salamanque qui parcouraient la région tout l'été avec leurs faucilles, les journaliers de Zamora chargés des réparations de la chaussée et les tribus de muletiers sans nationalité à l'affût de tout ce qui se présentait.

Elle fut l'objet vers cette époque d'une restauration insolite ; un de ces maçons qui utilisent une corde comme fil à plomb, peu de ciment et beaucoup de parpaings, répara les murs et la toiture, nettoya le puits, abattit trois ou quatre cloisons, blanchit les façades à la chaux et — c'est peut-être le plus important —, après avoir bordé les ouvertures de bandes bleu indigo, les protégea par des barreaux de section ronde de un centimètre qu'il commanda à un forgeron de Ferrellán. Il aménagea de la même façon l'étable avec des tôles de bidons, des blocs de ciment et quelques vieilles plaques de fibrociment, et inscrivit sur le portail en lettres vertes bien voyantes un CANTINE DE SAN MAMUD qui dura à peine trois semaines. Peut-être les autorités militaires, détentrices du toponyme, imposèrent-elles leurs droits ; quoi qu'il en soit, au bout d'un mois, sur une nouvelle couche de chaux qui ne parvint cependant pas à effacer tout à fait la trace du délit, apparut un étrange BAR DORIA que personne ne réussit à expliquer et que personne n'osa donc contester. Peu de temps après, on découvrit au même croisement des piles de boissons fraîches et de bouteilles de bière vides ; on y voyait rôder le matin un boiteux, à l'air d'un naufragé d'opérette, dont la présence amena certains — les rares personnes qui passaient par là, car aucune ne s'arrêtait — à établir une relation entre l'ouverture du commerce et une récente tragédie de la mer.

Luis Barceló, escorté dans son transfèrement par deux gardes civils, avait intégré le fort, en compagnie d'un autre garçon, pour le temps qu'il devait y faire. Il avait vingt-quatre ans au moment de son incorporation. Ayant été déclaré déserteur, il était passé sous la toise non pas au centre de recrutement mais à l'infirmerie du pénitencier d'Ocaña où il purgeait sa troisième peine. Peut-être est-ce le tirage au sort qui le fit échouer à Macerta, dans le régiment du génie ; peut-être aussi les autorités pénitentiaires suggérèrent-elles l'intérêt d'une telle affectation, qui permettrait de le renvoyer sans autre formalité, après la période d'instruction et le serment au drapeau, à la forteresse de San Mamud où il ferait son service dans des conditions très proches de celles qu'il avait connues à Ocaña. Il avait à son actif trois condamnations pour divers délits, certains à main armée, avec récidive et circonstances aggravantes, raison pour laquelle les autorités militaires étaient chargées de la surveillance de l'accusé jusqu'au moment de la libération du contingent, où elles devraient le transférer pour le mettre de nouveau à la disposition des autorités judiciaires.

Jamais, disait-il, l'argent ne lui avait manqué ; il avait des amis partout et assurait à qui voulait l'entendre, quelques jours après son incorporation, qu'avant un mois il serait dehors. Au régiment, on dut prendre cette vantardise au sérieux, et Luis Barceló, qui ne dormait pas avec la compagnie et n'avait pas droit à la promenade, ne put franchir les murs de clôture de toute la période d'instruction. En revanche, peu après son arrivée à la caserne, il commençait à recevoir des colis et à établir des contacts par de brefs messages écrits que ses camarades cachaient, quand ils passaient devant la garde, dans la manche de leur capote.

Avant l'arrivée de l'été, la Tacón et sa petite cour s'étaient installées dans une bicoque sur la route de Región, au sein d'un faubourg plein de potagers, de baraques et de terrains à vendre, de brocanteurs, de hangars à matériaux de démolition et de réserves de ferrailleurs. Peu de temps après, la bicoque s'était agrandie d'un appentis sur l'avant et, sur l'arrière, d'un petit entrepôt fait de quatre tôles, quatre planches et un coup de marteau, ainsi que d'un écriteau sanguinolent dont les lettres rouges terminées en grosses gouttes disaient : « On sert des boissons », avec les *s* dessinés à l'envers.

La Tacón se montrait à peine aux militaires : elle dormait dans un appartement situé dans une autre partie de la ville, se rendait à son commerce — que tenait le boiteux pendant la journée — à la tombée du jour, après la promenade, et y restait jusqu'à l'heure de la fermeture. Un taxi venait la prendre ponctuellement tous les soirs et il n'était pas rare qu'elle retournât chez elle en compagnie d'une fille.

L'aménagement du Doria avait commencé un mois avant le serment au drapeau — pendant la première quinzaine de juillet — et un mois plus tard, une fois Barceló transféré à San Mamud, le local de Macerta fut fermé. Il ne devait jamais rouvrir.

Malgré tout, sa brève existence avait permis à Barceló de reconstituer en partie son capital. Il affirmait qu'il était arrivé à l'armée ruiné. Il vendait des bons pour les différents services du bistrot — qu'il encaissait intra-muros — et même pour certains articles du marché noir dont les prix très avantageux tentèrent quelques gradés. Quand il fut transféré à San Mamud, il avait sur lui près de vingt mille pesetas gagnées de cette façon.

Le jeune garçon qui avait accompagné Barceló lors de son transfert à San Mamud s'appelait Ventura, Ventura Palacios ; analphabète, il venait des terres de la Paramera, où il gardait les moutons. Il avait plus de vingt-six ans, ce n'était pas une lumière et, par suite de diverses circonstances, il était à la caserne depuis plus d'un lustre. Il avait en effet été enrôlé d'abord normalement, quand sa classe avait été appelée sous les drapeaux, et affecté par le sort au régiment de Macerta. Les autres conscrits disaient qu'il n'avait jamais vu un papier jusqu'à son arrivée là-bas. Il avait fait presque vingt mois d'armée lorsque son père mourut. Le secrétaire de mairie de son village, avec un zèle louable, réussit à rédiger une demande aux autorités militaires et à mener à bonne fin toutes les démarches nécessaires à la libération dont le jeune homme pouvait bénéficier en tant que fils de veuve. Il rentra chez lui et, au bout de deux ans, sa mère mourut à son tour. Comme il s'agissait d'un fils unique, en âge de faire son service, le même processus administratif qui l'avait libéré dut, se remettant en marche, mais en sens inverse, le renvoyer au régiment de Macerta pour qu'il accomplît la période réglementaire, sans que les vingt mois qu'il avait faits lors de son enrôlement antérieur lui fussent comptés.

On l'appelait le Rusé, personne ne savait pourquoi, et jusqu'à l'arrivée de Barceló, qui le prit sous sa protection, les soldats et les gradés ne l'avaient pas à la bonne. Quand survint Barceló, son contingent — c'était alors la deuxième fois qu'il faisait ses classes — était sur le point d'être libéré, mais un événement grave empêcha son départ et le pénalisa de surcroît en doublant son temps de service.

Tandis qu'une nuit il assurait la seconde garde au poste des jardins, dans la guérite la plus éloignée de tout le périmètre, une voix le pressa de sortir pour fumer une cigarette et « planer » un moment. C'était une nuit chaude et sans lune, et Ventura obéit, semble-t-il, aux consignes : après une première sommation, il arma son mousqueton. La voix se matérialisa en une silhouette devant la guérite : « Allons, le Rusé, tu sais qui je suis ? », le persuada de baisser son arme et de faire deux pas dehors. Il reçut un coup sur la nuque dont il se réveilla quelques heures plus tard pour apprendre, en partie seulement, ce qui s'était passé : vers quatre heures et quart du matin, le sergent de garde avait été poignardé avec la baïonnette de Ventura dans la guérite même — il était mort sur-le-champ — dont il s'était sans doute approché pour n'avoir pas reçu de réponse à ses appels.

Ventura ne put pour ainsi dire rien expliquer. La guérite, le mousqueton et la baïonnette furent soumis à une enquête et lui, en compagnie des deux soldats de deuxième classe qui accompagnaient le sergent dans sa ronde, à une instruction. Pour finir, les deux soldats, qui s'étaient limités à exécuter les ordres du sergent, se virent infliger deux mois de cachot ; le mousqueton et la guérite, punis de deux ans d'exemption de service, furent retirés de l'armurerie et la baïonnette, mise hors service à perpétuité, fut détruite et enterrée dans le jardin. Quant à Ventura Palacios, on lui imposa quatre ans de service et six mois en régime de prévention, à effectuer dans le fort de San Mamud.

VII

Le mardi suivant, un jeune homme de petite taille arriva à la maison Zúñiga, comme il avait été, semble-t-il, convenu. Il n'y avait personne ; un chien aboyait parmi les jardins maraîchers et les vergers de la rive ; le feuillage et la lame d'eau rendaient un son mécanique.

Le jeune homme portait un blouson de gabardine, un pantalon de toile et des bottes de cuir. Une énorme montre à bracelet métallique ornait ostensiblement son poignet et il avait pour tout bagage un sac de toile de couleurs vives, avec une fermeture à glissière, qu'il déposa devant la maison.

Il n'y avait dehors d'autre signe d'animation que du linge de toutes sortes étendu sur la corde et un tas de laine, sur un vieux drap, attendant d'être cardée.

Le vestibule était frais, récemment lavé, et de l'étage supérieur, au travers de persiennes et de portes entrouvertes, parvenaient des voix féminines, en une conversation calme, comme le bourdonnement d'une mouche infatigable au sein d'un vaste salon plongé dans la pénombre.

Le jeune homme frappa au portail à l'aide du heurtoir sans obtenir la moindre réponse. Il s'approcha de la cage d'escalier et lança un appel qui n'interrompit pas la conversation des femmes. Puis, presque sans relation avec son appel, une voix d'homme forte et âcre emplit toute l'enceinte et sans doute une bonne partie de la vallée, délogeant pour un instant le soleil de son empire de midi :

« Qui est là ? »

Le jeune homme tordit le cou pour regarder vers le haut de l'escalier :

« Ce n'est pas la maison Zúñiga ?

— Vous ne pouvez pas vous taire une bonne fois, merde ! », grogna la voix dans une autre direction. Puis elle revint vers le bas : « Qui est là ? Qu'est-ce que vous voulez ?

— C'est bien la maison Zúñiga ?

— Qu'est-ce que vous voulez ? »

En vérité, le jeune homme ne savait pas s'il voulait quelque chose.

« Mais qu'est-ce que vous voulez, merde, qu'est-ce que vous voulez ? Vous ne pouvez pas vous taire une bonne fois ? » La voix semblait venir de l'extérieur.

Le jeune homme quitta le vestibule pour observer l'aire et le chemin qui menait à la rivière. Le jour était si clair et si chaud que toute la vallée semblait agitée d'imperceptibles mirages, agglomération passagère fortuite et reflets stabilisés en de multiples points d'impact. Une fenêtre était ouverte.

« On va à la rivière, par là ? »

On entendit de nouveau à l'intérieur la voix de l'homme, ou plutôt la voix virile de la maison, accompagnée par la basse continue féminine, que le fracas soudain de la cloche, derrière les murs, fit taire brusquement.

De l'autre côté de la rivière apparut Amaro, avec

le cabot, attachant sa monture au tronc d'un saule. Le chien sauta sur le canot, s'installa à la proue pour diriger la manœuvre et, suspendant sa série de trois aboiements, se mit à haleter.

« C'est vous, Amaro ? » demanda le jeune homme lorsque la proue du canot toucha la rive gauche. Le chien sauta à terre, fit deux ou trois tours en remuant la queue, urina deux fois et revint au canot au moment où Amaro disait :

« Allons-y. »

Il le regarda à peine, comme le receveur d'un tramway regarde le passager un jour sans affluence, absorbé dans ses propres soucis. Le jeune homme ne se montra pas non plus très bavard. Quand ils s'amarrèrent à l'autre rive, Amaro prit le sac et l'attacha sur le dos de sa monture, un service de plus, semblait-il, pour lequel il avait été engagé.

Ce fut une pénible marche de trois heures par le chemin qui, partant du ponton, bordait l'Hurd, pénétrant dans le plateau. De la maison d'Amaro, située sur la colline au pied d'une montagne qui dominait une surface de terrain impossible à parcourir à cheval en une seule journée, on ne voyait aucun signe d'habitation, la tourelle d'El Salvador étant cachée par une butte, à moins d'une lieue de là. La maison rendait un son ; elle ne dégageait aucune odeur, elle n'altérait pas le paysage — un champ en terrasses, les ravins en forme d'épi creusés dans les plâtrières marneuses adossées aux quartzites et aux ardoises de la montagne, de rares terrains cultivés, quelques ormes çà et là, des étendues de chênes nains et un horizon bleuté brisé par les crénelures de rouvres et de genévriers veillant en permanence sur la virginité de leurs hauteurs — mais elle rendait un son ; comme si tout l'appétit musical de la montagne se réduisait à siffler par le tranchant de ses angles et les conduits de ses cavités les mélodies insaisissables de sa mélancolie insolente et flegmatique.

« Nous sommes arrivés », dit Amaro en déposant le sac par terre, sans prendre la peine de le lui donner ni de lui indiquer d'autre chemin que celui de l'écurie.

« Chef, dit son ouvrier.

— La ferme ! » répondit Amaro.

VIII

Ils arrivèrent en milieu d'après-midi à la suite d'une marche de quatre heures dans le maquis sans rencontrer d'autres êtres vivants que deux ou trois couples de pies. Ils attendirent encore trois heures, dans une vigne abandonnée, à côté d'une cabane qui dans le temps avait servi à ranger les instruments de labour et où l'on conservait la carcasse d'un petit moteur de pompe. De là on entendait les coups de clairon du fort, trop éloignés et trop baignés de solitude pour continuer à être des ordres ; ayant perdu leur propriété exécutive, exilés dans un purgatoire d'effets obsolètes, au milieu de vieux mousquetons et d'inutiles courroies, ils ressemblaient à une répétition intemporelle — l'écho d'un Roncevaux avide de réveiller quelques exploits parmi les mugissements — dans une époque sans clairons, uniquement conditionnée par le climat.

Amaro avait emporté son fusil de chasse, qu'il laissa appuyé sur le tronc d'un chêne à l'ombre duquel il s'assit, à la lisière de la vigne et au bord du ravin. C'était un homme qui savait attendre, il n'avait pas à tuer le temps. Il avait attendu toute sa vie. L'autre, non. Il fallait qu'il fume, qu'il se lève, qu'il fasse quelques pas, qu'il se coupe des ongles avec de petits ciseaux d'acier inoxydable qui à chaque claquement faisaient tourner la tête à Amaro, comme s'ils étaient liés tous deux par quelque automatisme.

Au centre de la vigne, en un endroit bien visible de l'autre côté du ravin, ils avaient placé le signal convenu, un bâton avec un chiffon rouge attaché à la pointe.

« Six heures et demie. Ils devraient être là. Qu'est-ce qu'on fait s'ils ne viennent pas ?

— On retourne par où on est venus, répliqua Amaro.

— Jusqu'à quelle heure on attend ?

— Jusqu'à l'heure du retour », répondit Amaro pour couper court. Le jeune homme contempla le ciel avec ennui et, quand il eut vérifié qu'Amaro ne le regardait pas, il lui adressa dans le dos un regard de mépris qu'il répéta pour la mule. Puis il s'allongea sous l'autre chêne et, glissant les mains sous sa tête, il essaya de dormir. Mais il ne put maintenir les paupières fermées plus d'une minute ni la même position plus de cinq. Il alluma une autre cigarette, remonta sa montre — l'observant comme s'il l'avait entre les mains pour la première fois — puis s'amusa à poursuivre un scarabée, le bombardant avec une pierre et le harcelant du bout de sa botte quand il faisait le mort ou restait sur le dos ; après chaque agression, l'insecte changeait de direction, couvert de poussière. Avant qu'il n'eût réussi à se réfugier sous un buisson, le jeune homme l'acheva à coups de talon. Jaillirent alors de ses organes — purs de toute poussière — les bandes d'un arc-en-ciel souterrain, les habits de soie et de métaux bleuis d'une exquise préparation mortuaire.

« Les voilà », dit Amaro.

L'autre se leva d'un bond.

Il y avait deux silhouettes kaki sur un petit rocher, de l'autre côté du ravin.

Le jeune homme siffla, en appuyant la langue contre ses dents et en rentrant la lèvre inférieure. Un autre sifflement exactement semblable lui répondit. Amaro ne bougea pas.

A peine arrivés, les autres enlevèrent leurs pulls, leurs treillis et leurs bottes, qu'ils mirent dans le sac de toile à la place des vêtements et des espadrilles qui s'y trouvaient. Pour le compagnon de Barceló, qui était seulement un peu plus grand que lui, tous les effets étaient trop petits ; il attacha ses espadrilles d'une façon bizarre, par-dessous la semelle.

Barceló but un coup à la gourde, qui contenait un mélange de vin et d'eau-de-vie.

« Ce fusil ne me plaît pas » fut la première chose qu'il dit, en s'adressant à Amaro.

« Je ne pensais pas le vendre », répondit Amaro, tout en démontant les canons.

« Les souvenirs de famille », reprit l'autre, tandis qu'il enfilait une ceinture retirée du treillis. C'était une ceinture très large avec une boucle surchargée, parsemée de pièces de monnaie anciennes.

« On y va ? Qu'est-ce qu'on attend ?

— On y va, dit Amaro, suspendant le fusil à sa monture et attachant à nouveau le sac sur sa croupe.

— Il y a combien de chemin ?

— Ce qu'il y a d'ici à chez moi, trancha Amaro.

— Trois heures environ, précisa le jeune homme sur un ton plus conciliant.

— Allons-y », dit Barceló. Il avait les cheveux assez longs, d'une couleur d'huile brûlée et très gras, retombant de chaque côté du visage en deux mèches égales, comme des faucilles, qu'il ajustait parfois derrière les oreilles. Sa silhouette était très mince, son visage émacié et ses mains fines ; l'ongle de son petit doigt gauche mesurait au moins quatre centimètres et dépassait largement l'annulaire ; de temps en temps il le contemplait avec extase et le faisait briller en le frottant contre son épaule.

« On y va ? demanda Palacios, toujours un peu à la traîne.

— Du calme, Ven ; du calme », le reprit Barceló, sur un ton de supériorité dont il avait déjà éprouvé le pouvoir.

Amaro avait dispersé le crottin de sa mule ; il prit la tête, tirant l'animal par les rênes, et le groupe se mit en marche dans le maquis, montant le long d'un chemin de pierre en mauvais état. Derrière Amaro venait Barceló, et Palacios fermait la marche. Dans les raidillons, Barceló s'arrêtait fréquemment pour reprendre haleine ; il n'avait pas beaucoup de souffle. Il souriait sans desserrer les lèvres.

« Du calme, Ven ; du calme. »

Quand ils arrivèrent chez Amaro — par une nuit sans lune —, il était près de trois heures du matin. Il n'y avait pas une seule lumière et tout le monde dormait ; mais les angles sifflaient et le bois craquait ; les tuiles bougeaient toutes seules pendant la nuit : du fait de leur travail routinier et collectif, elles souffraient d'un sommeil très léger, tandis que le feuillage, dans l'obscurité, cherchait une façon de rompre le vœu de silence imposé par une hiérarchie provisoirement disparue.

Amaro les conduisit à une cave, entre la maison et l'écurie, où on conservait l'huile autrefois. Il avait entassé quatre brouettées de paille, rempli quelques sacs et étendu deux ou trois vieilles couvertures bien lourdes. Il déposa sur le sol une bouteille surmontée d'une bougie ; il y avait aussi une cruche.

« Attention avec le feu » fut sa façon de prendre congé.

La femme et la gamine écossaient, à la porte de la cuisine, les haricots d'un tas énorme disposé sur une toile à matelas. Elles jetaient les gousses dans un panier — pour la nourriture du bétail — et les haricots dans un autre.

« Il y a quelque chose pour le petit déjeuner ? » demanda Barceló, en replaçant ses cheveux derrière les oreilles. La femme se leva, sans même répondre.

« Toi, tu ne bouges pas », dit-elle à la gamine.

La femme coupa plusieurs tranches d'une énorme miche de pain de seigle et retira d'un pot de terre un morceau de lard.

« Voilà », et elle retourna à son poste, sur la petite chaise de paille, pour continuer avec les haricots, qu'elle prenait et écossait sans quitter le jeune homme du regard ; de temps à autre seulement elle se tournait vers la petite fille, pour lui enlever les doigts de la bouche.

« C'est votre fille ? » demanda Barceló en mastiquant la dernière bouchée.

La femme fit signe que non de la tête.

« C'est celle d'Amaro. C'est la plus jeune d'Amaro. »

Les deux autres s'étaient approchés. Barceló fit un geste autoritaire pour indiquer le chemin de la cuisine et l'intérêt qu'on aurait à maintenir ses distances. Il s'accroupit et prit une gousse, dans un geste de collaboration désintéressée que la femme ne refusa pas, sans pour autant manifester de gratitude.

« Amaro a combien d'enfants ?

— Quatre. »

Barceló se mit dans la bouche un haricot cru. Il le mastiqua et le recracha très loin, dans un jet énergique, par le coin de la bouche.

« Vous êtes une parente d'Amaro ? »

La femme fit non de la tête sans cesser de le regarder en face, avec une expression immuable, cette profondeur inexpugnable et permanente qu'a le visage du paysan, toujours à la limite de sa raison.

« Et toi, comment tu t'appelles ? demanda Barceló en épluchant un autre haricot.

— Elle ne parle pas, dit la femme.

— Pas du tout ?

— Pas du tout.

— Mais pas du tout du tout ?

— Elle comprend un peu mais elle ne parle pas du tout. »

La petite fille se mit à rire et émit un bref grognement, puis se fourra aussitôt deux doigts dans la bouche, que sans tarder la femme enleva d'une légère tape.

Les deux autres hommes s'apprêtaient à sortir de la cuisine, le petit, la bouche pleine de pain, mordillant obstinément le lard ; son compagnon, toujours un peu à la traîne, ne savait que suivre les instructions.

« Tu penses te consacrer aux fayots ?

— Fous-moi la paix. Pourquoi vous n'allez pas jouer dans la cour ? »

Le petit jeta au loin un reste de croûte de pain et se dirigea vers les écuries, en tapant de la pointe de sa botte dans une pierre. La femme l'observait avec la même fixité, instinctivement attentive à détecter les dangers.

« On a bien mérité quelques jours de vacances. Qu'est-ce qu'on peut faire ici, à part la sieste ? »

La femme leva les épaules. Elle ramassa la poignée de haricots de son tablier et la vida dans le petit panier.

« Allons-y », dit-elle à la gamine.

Barceló la suivit jusqu'à la porte grillagée du poulailler, en se curant les dents avec une herbe sèche. Il sortit une pièce de sa poche et joua avec, de ses doigts fins et noueux, la faisant passer de l'un à l'autre sans presque les bouger. Il se livra sans une erreur à trois ou quatre exercices d'adresse pendant que la femme distribuait le repas et remettait de l'eau dans les écuelles, sans lui prêter attention.

« Ça doit être très dur, toute l'année ici. Qu'est-ce qu'on peut faire dans un endroit pareil ? »

La femme ne répondit pas.

« Des enfants. Ou de la merde. »

Les deux autres jouaient aux cartes, accroupis par terre à la porte de l'étable. Le petit distribuait et ramassait les cartes selon des règles que l'autre ne faisait aucun effort pour comprendre.

« Je suis en train de te piler.

— Ça va, arrête. »

Le petit lâcha une grossièreté que l'autre reçut sans le moindre signe de contrariété.

« Arrête, j'te dis.

— Il te fait pas chier, ce con ? Pourquoi tu lui apprends pas un peu les bonnes manières ? »

Barceló rejeta ses cheveux en arrière et frotta son ongle contre l'étoffe de sa chemise.

« Tu t'habitueras, dit-il.

— Ça m'étonnerait. Je me tire demain ; j'ai rien à foutre ici.

— Toi, tu restes ici jusqu'à temps que je le dise, mon gars. T'as compris ? »

L'autre fit un clin d'œil.

« Nom de Dieu, si j'ai compris ! Évidemment que j'ai compris, nom de Dieu ! Qu'est-ce qui peut arriver ? On se tire demain, et après-demain ni vu ni connu, et puis après ?

— Justement, et puis après ? Retour en taule après-demain. Tu sais pas qu'ils vont nous chercher pendant quatre jours ? T'as vraiment rien compris. Tous les chemins vont être surveillés, mon gars. Les flics. »

Le petit sortit une cigarette. Barceló lui en prit une autre du paquet et lui permit de l'allumer. Barceló fumait très peu ; il aimait les petits cigares et méprisait tous les types de cigarettes.

« Et après ?

— Il y a du fric, merde, on t'a déjà dit qu'il y avait du fric. T'es peut-être pas au courant ? T'es peut-être venu ici tout seul ? »

Le petit battit les cartes et présenta le paquet à Ventura :

« Prends une carte. »

L'autre obéit.

« Mais rends-la-moi, merde. Mets-la là. »

Ventura obéit. Le petit battit avec l'habileté d'un professionnel ; il déposa sa cigarette sur une pierre, mouilla de la langue le bout de son pouce, compta rapidement et jeta une carte par terre, la face au-dessus.

« C'était celle-là. »

Tandis qu'il battait de nouveau, il s'adressa à Barceló :

« Luis, si on doit rester ici quelques jours, pourquoi on n'amènerait pas deux ou trois gonzesses du Doria ? »

Ventura soupira et se passa la langue sur les lèvres.

« T'es con, mon gars. »

Le petit insista et chercha l'appui de Ventura, qui le regardait en battant des cils, la bouche entrouverte.

« Hein qu'elle te plaît, mon idée ? Deux gonzesses pour Luis et moi, et toi tu nous regardes, qu'est-ce que t'en dis ? »

Ventura tourna vers Barceló un regard suppliant qui provenait d'un état antérieur à son imagination, une requête qui s'élevait depuis l'espace de la faim.

« Tu peux pas te taire une bonne fois ?

— J'ai dit quelque chose de mal ? C'est si difficile que ça, merde ? On nous les amène jusqu'à la maison de la rivière, et après, que ce type aille nous les chercher avec la mule. Un bout à pied, un bout sur la mule. Comme ça elles arrivent en forme. Qu'est-ce que t'en dis ?

— J'en dis que tu peux la fermer.

— Qu'est-ce que t'es chiant aujourd'hui, Luis. »

Il rangea le paquet de cartes dans la poche arrière de son pantalon et se dirigea vers le poulailler sous le regard de Barceló.

« Luis..., chuchota Ventura, sans que s'altérât son expression suppliante.

— Qu'est-ce qui t'arrive ?

— Les filles...

— Tais-toi, toi aussi. Pense pas à ça. Des filles, t'en auras quand on sortira d'ici ; pense pas à ça », dit-il, les yeux tournés vers le poulailler.

A la porte du poulailler, il émit deux sifflements, le premier très bref et l'autre très long et plus aigu. Le petit apparut de sous le hangar, désagréablement surpris.

« Qu'est-ce qu'il y a ?

— Qu'est-ce que tu fais là ?

— Alors je peux plus faire un pas, il faut que tu me suives partout ? » Il essaya d'un ton plus persuasif : « Tu as vu ce qu'il y a là, Luis ? Pourquoi on doit manger ces cochonneries, t'as pas envie d'un blanc de poulet ?

— Allez, sors de là.

— Dis donc, Luis, ça fait combien de temps que t'as pas mangé de poulet ?

— Sors de là, je te dis.

— Tu fais chier, Luis, tu fais chier.

— Voleur de poulets, voleur de merde. »

IX

Quand Amaro arriva, les trois jouaient aux cartes.

« Vous avez vu quelque chose ? demanda Barceló.

— Moi, j'ai rien vu, répondit Amaro, tout en dessanglant la mule. Qu'est-ce que j'aurais foutre bien pu voir ? »

Pour la première fois ils s'assirent à la table, tous les trois ensemble à un bout. La femme leur servit un plat de pois chiches et une tranche de pain. Le vin d'Amaro était léger et aigre, avec une vague saveur de poix. Amaro était veuf depuis quelques années ; son fils aîné avait un taxi à Región et le plus jeune travaillait dans un atelier de Barcelone. Les deux venaient le voir au moins une fois par an. De la cadette il ne savait rien et ne voulait rien savoir.

« Chef, dit l'ouvrier, la bouche pleine et le visage incliné sur son assiette, il faudra remplacer les pièces. »

Amaro acquiesça en maugréant. Tout le monde parlait la bouche pleine. Le repas terminé, Amaro apporta le tabac : une vieille boîte vide de cigares Farias contenant un mélange de tabac de différentes coupes et du papier à cigarette Abadie, qui passa d'abord entre les mains de l'ouvrier puis fit le tour des hôtes. Barceló le repoussa. Quand il eut allumé sa cigarette, Amaro annonça :

« Vous partirez samedi après-midi, c'est le meilleur jour. Je vous accompagnerai jusqu'à la maison Zúñiga, et là-bas vous vous débrouillerez. On partira à cinq heures. Lave-lui un peu la figure à cette petite, enfin !

— Bonne nuit, chef, dit l'ouvrier en se levant.

— Bonne nuit à vous aussi », dit Amaro en remuant le mélange de tabac.

Luis Barceló fit un signe de la tête et les deux autres se retirèrent. Quand ils furent seuls, il demanda :

« Et une fois à la maison Zúñiga ?

— Une voiture viendra vous prendre. C'est ce qui est prévu ; on m'a dit qu'une voiture viendrait vous prendre. Moi, dès que je vous ai amenés là-bas, j'ai terminé.

— Et si la voiture ne vient pas ?

— Ce n'est pas mon problème. Moi, dès que je vous ai amenés là-bas, j'ai terminé. Après, c'est votre affaire. Adresse-toi à qui tu sais.

— Je suppose qu'il y a eu pas mal de fric dans tout ça. Je suppose que, s'il n'y a pas de fric, vous ne faites rien.

— Tu supposes bien.

— Et ça a fait combien ? »

Amaro roula une seconde cigarette.

« Ça, ça ne te regarde pas, dit-il.

— C'est pour savoir ce que je vaux, chef. Ne vous fâchez pas. En ce qui me concerne, vous pouvez bien toucher tout le fric que vous voulez. Mais j'aimerais savoir à combien m'estime monsieur Peris.

— A pas grand-chose, répondit Amaro en se levant de table et en prenant la lampe à carbure. Allons-y. »

Lorsqu'il entra dans la cave, Ventura dormait sur le dos et le petit faisait des réussites à la lueur de la bougie.

« Cet enfant de salaud ! D'où tu as sorti cette merveille, Luis ? »

Comme si la question lui était parvenue dans l'inconscience, comme si depuis l'empire du sommeil il répondait de la pureté de son lignage, Ventura émit un violent ronflement qui lui fit tourner la tête pour la laisser retomber dans le doux confort d'une soudaine innocence.

« Dimanche prochain, ni vu ni connu, dit le petit sans détourner son attention des cartes.

— Ni vu ni connu », dit Luis Barceló, couché sur la paille, les yeux fixés sur la voûte de la cave.

Au bout d'un moment il l'appela de nouveau mais Luis ne répondit pas. Un léger sifflement sortait de ses lèvres entrouvertes, vaguement crispées en un rictus d'orgueil impatient, cette inaltérable moue de dédain avec laquelle le danseur doit exécuter tout son numéro. Alors il se leva, enleva ses bottes et laissa la bougie allumée ; la flamme agitée par d'imperceptibles souffles engendrait sur la voûte, au seuil de la cave, des ombres soumises à un tremblement ferroviaire.

Toute la maison dormait et seuls les lapins saluèrent sa présence, par des courbes concentriques et sécantes, répétition d'un même estampillage ordonné et chaotique. Il se plaça au bout de la barre où dormaient les poules, la tête enfoncée dans les plumes en position ovoïde, tournée vers lui. Avec deux doigts il donna un coup sec sur l'extrémité de la barre et les deux mêmes doigts tracèrent dans l'air une trajectoire sûre et rapide, parallèle au perchoir, jusqu'à rompre le cou de la première poule, qui se réveilla pour tomber, la tête comme le nœud lâche d'un paquet bien rigide, sous l'immuable regard des lapins postés de l'autre côté du grillage.

Il la pluma à la porte de la basse-cour. Il enleva les viscères, la tête et les pattes et enveloppa le tout dans une feuille de journal qu'il avait emportée avec lui. Dans une autre feuille il enveloppa la volaille qu'il cacha, à quatre pattes, sous le sac qui lui servait d'oreiller.

Il éteignit la bougie. Au moment où il allait s'endormir, la voix de Luis Barceló le réveilla, si nette dans l'obscurité qu'elle semblait dessiner sur la voûte le mépris de son sourire fermé.

« Voleur de poules. »

X

Un cri bref et sourd sorti de la pénombre le réveilla, sans pour autant parvenir à balayer le sommeil. Il essaya de le retrouver mais le même cri l'obligea à se redresser. Il faisait chaud, il quitta le lit, mit les mains dans l'évier et, au moment où il se mouillait le visage, le cri frappa de toute sa violence le cuivre poli du soir, pour s'éteindre dans un ciel doré.

Accroupie contre le mur, la femme tenait encore la poêle par le manche. Quand Ventura s'était jeté sur elle, la poêle avait heurté la pierre d'angle ; il l'avait saisie par les poignets pendant que le petit essayait de fouiller sous ses jupes, contre ses jambes immobiles. La gamine s'était assise par terre, les deux mains dans la bouche, en une attitude de stupeur imbécile.

Barceló prit dans l'écurie un manche de houe et fit le tour de la maison pour arriver derrière Ventura sans être vu. La femme avait levé les genoux, découvrant une masse de chair décolorée, informe, pareille au pâle cœur d'un chou parmi des feuilles étiolées. Sans forcer, il lui cloua l'extrémité du manche dans les reins.

« Allez, Ven, lâche-la. »

L'autre la lâcha sur-le-champ et la tête de la femme heurta le sol, les yeux ouverts au centre de leurs orbites, sans le moindre signe d'inquiétude. Le petit leva les yeux, recula à quatre pattes et se redressa à demi en tenant son pantalon. Barceló poussa Ventura en avant, en lui plaquant la main au milieu du dos.

« Allez, Ven, fous-lui une trempe. »

Il sentit dans le dos de fortes convulsions, tout le corps tremblait.

« Du calme, Ven. Donne-lui ce qu'il mérite. »

Ventura marcha avec sa botte sur le bras de la femme, qui lança un autre bref hurlement et se tourna, pour rester allongée sur le côté, les yeux immobiles tout près du sol, puis il porta un coup de poing de haut en bas sur le visage du petit, qui tomba sur le derrière. Avec le manche de la houe, Barceló toucha doucement le bras de la femme.

« Allons, levez-vous. N'ayez pas peur. »

Ventura se plaça devant le petit, hors d'atteinte de ses pieds. Puis il lui donna un coup de pied dans l'épaule, qui le renversa complètement.

« Arrête, arrête ! Dis-lui d'arrêter, Luis, dis-lui d'arrêter. Nom de Dieu, dis-lui d'arrêter ! »

La femme se leva et secoua la poussière de ses jupes ; elle avait une égratignure au coude.

« Fais ce que tu veux. »

Elle ramassa la poêle et donna une tape à la gamine, qui enleva les mains de sa bouche, puis elle voulut laver l'égratignure de son coude sous le robinet.

« Laissez ça là. Où allez-vous avec ça ? »

Il se rendit compte alors qu'elle était trempée de sueur, secouée d'intenses palpitations d'ondes très courtes, comme un insecte moribond, à l'exception des yeux. Elle arrivait à peine à mettre le bras sous l'eau et sa respiration semblait gênée par un obstacle qui produisait un ronflement périodique et un sifflement continu.

« Pourquoi vous ne lâchez pas ça ?

— Et vous ? Pourquoi ? »

Il la saisit par le poignet et lui maintint le bras sous le robinet, essayant à la fois de la calmer et de laver l'égratignure, sans vraiment y parvenir. Dans la pénombre, elle dégageait une odeur différente, de sueur, de matelas et de cheveux.

« Pourquoi vous ne partez pas, une fois pour toutes ? »

Il s'approcha de la porte.

« Ven. »

L'autre apparut à moitié à l'angle de la maison. A sa main pendait le manche de la houe.

« Ça va, laisse-le. Mais surveille-le. Le salaud ! » ajouta-t-il en s'adressant de nouveau à la femme. Puis : « Pourquoi vous ne vous reposez pas un peu ? »

Elle passa tout près de lui et frôla sa chemise de l'épaule.

Elle ouvrit les rideaux de toile à matelas et un des battants de la double porte ; les ressorts de la paillasse grognèrent et un objet tomba par terre. Elle se mit à gémir.

C'était une chambre étroite et obscure, presque entièrement occupée par un lit métallique et un grand coffre, avec une petite fenêtre, un bougeoir et une image du Sacré-Cœur ; les murs peints en bleu indigo jusqu'à mi-hauteur souffraient de taches d'humidité et le carrelage du sol était bombé.

« Pourquoi vous n'arrêtez pas ? Ça sert à rien. Merde ! »

Barceló remit ses cheveux en arrière ; toute la lumière de la pénombre semblait se concentrer sur l'ongle de son petit doigt. L'odeur de la pièce produisit en un quelconque centre récepteur une alarme intolérable et une réaction immédiate, qui toutefois disparut rapidement. Il posa la main sur la tête de lit et toute la carcasse grinça.

« Merde alors. Si c'est pour ça qu'il m'a fait venir chez lui. Un mari, nom de Dieu, un homme ! »

Elle était assise près de la tête de lit, les jambes écartées et les coudes sur les cuisses. La main de Barceló s'enfonça prestement entre ses seins, mais elle ne bougea pas ; la main parcourut les deux gros seins immobiles, trop lourds pour être agités par le tremblement qui dominait son corps.

« Arrête, merde. Pourquoi t'arrêtes pas un peu ? »

Il la renversa et la pénétra sans presque la déshabiller, sans presque faire d'efforts, mais en un instant il fut imprégné de toute sa sueur sans avoir consommé l'acte, et il haletait violemment. Alors la femme l'enlaça de ses jambes robustes et l'obligea à la pénétrer de nouveau, en soulevant un ventre en ébullition, avec les larges bulles et les molles éructations d'une lessiveuse où affleurent le savon et la graisse, à feu lent, la bouche à demi cachée et les yeux dépourvus d'une animation qui avait épuisé toutes ses ressources ailleurs. Une fois de plus Barceló renonça — ébouriffé et haletant, à quatre pattes — et une fois de plus fut répétée la tentative au mépris de la chair, de la sueur, des lamentations des ressorts et du regard sibyllin de l'image sainte qui paraissait observer la scène avec bienveillance et une pointe d'inavouable satisfaction. La troisième fois, la femme y arriva et, accrochée aux barreaux du lit, elle écarta les jambes, tendues comme des câbles, ferma les yeux et rugit, expulsant un peu de bave.

Il se retira à quatre pattes, trempé de sueur, un tourbillon dans la tête et d'innombrables élancements dans le front. C'était midi, un midi également réparti entre les triangles d'ombre et les trous de lumière mouvants. De l'entrebâillement du battant émanait le râle d'une citerne mal fermée, le son presque inexistant qui allait servir de piédestal au monument de silence d'un coin isolé, à peine habité, de la montagne. Quand il écarta l'autre battant de la porte, la femme était assise sur le bord du lit, comme avant.

« Allez, merde, lève-toi ; tu vas te faire pincer par ton mari.

— Viens encore une fois », ses yeux semblaient ne pas regarder, fixés sur un point au-delà de toute vision, « encore une fois.

— Putain, quelle fille ! Allez, lève-toi.

— Touche-moi encore ; ici. »

Du seuil de la cuisine il écouta derechef le gémissement de la paillasse, du même ton que la pénombre, dans une masse diurne amorphe, sans mouvement vers le devenir. Quand il revint, elle était allongée, regardant tranquillement le plafond. Il remarqua alors pour la première fois la cuvette, un morceau d'étoffe et un bout de savon de cuisine sur le carrelage.

A la porte de la cuisine, le petit l'attendait, le manche de la houe à la main.

« Ça a marché ?

— Ça a marché quoi ?

— On dirait que t'as rempilé, hein ? Et maintenant ? Monsieur me permet ?

— Où est Ventura ?

— Qu'est-ce que j'en sais ? »

La femme apparut dans la cuisine, les yeux fixes, soumis à un regard de nouveau attentif à l'ordre. A côté de l'écurie, sous l'acacia, était accroupie la petite fille ; ses mains, au lieu d'être dans sa bouche, étaient entre ses jambes, dissimulées sous ses jupes. La lèvre supérieure soulevée par une saveur étrange laissait voir ses dents et quelque chose d'indéfinissable voilait son visage, transporté depuis l'extase de sa stupidité vers une expérience infinitésimale que son esprit ne se soucierait ni d'approfondir ni même d'enregistrer. Lorsqu'elle le vit, elle bougea les genoux et émit un bref gémissement, et, quand il s'éloigna vers la cave, elle porta les mains à sa bouche avec une impatience fébrile.

Sur la litière de paille, Ventura dormait à plat ventre ; il ne ronflait pas mais dans son sommeil, la bouche ouverte, il respirait avec lourdeur l'air trouble de limbes sans date et sans forme peut-être, dans la nébulosité inquiète d'un désir assouvi en train de céder la place à un autre, encore immature.

XI

Quand le docteur Sebastián arriva à une heure de l'après-midi, Fayón était déjà là, derrière la bonne qui venait d'ouvrir la porte, attentif au seul appel qu'il attendait et qui allait se manifester. Un geste de l'index sur les lèvres — pas de profil, comme pour réclamer le silence, mais la pulpe contre la bouche — leur suffit pour se comprendre. Le docteur attendit que la fille sortît du vestibule pour tirer de la poche de sa veste — le docteur s'habillait toujours en noir, d'un deuil qui avait perdu sa vigueur au cours de vingt longues années, ou en gris, d'un gris obscur qui avait noirci dans le même temps par manque de lumière — un petit paquet enveloppé dans du papier de pharmacie, qu'il remit à Fayón avec précaution. Fayón était revenu à Región quelques semaines plus tôt, après un exil de quinze ans en Amérique.

Bien avant la guerre, le docteur Sebastián avait réussi à acquérir en peu d'années une réputation d'homme sérieux, passionné par sa profession, plein de connaissances et prêt à n'importe quelle heure du jour ou de la nuit à prendre son imperméable, son parapluie, sa trousse et son cheval pour accourir au chevet d'un malade. Il s'était marié à une jeune fille d'origine très modeste — la fille d'un garde-barrière — et son mariage avait été un échec : selon certaines personnes qui l'avaient bien connu, quand il vit que son union avec cette femme qu'il avait poursuivie avec acharnement ne portait pas ses fruits, il n'en chercha plus que la faillite, par l'élimination d'une possibilité qu'il ne pourrait écarter de son horizon qu'en la détruisant. Tout un hommage à une femme qui avait avalé bien des couleuvres et, comme le disait le docteur lui-même, si elle avait appris quelque chose à son entourage c'était que, pour survivre, « le mépris est préférable à la crainte ».

Qui sait si ce ne fut pas pour une large part grâce à sa vie de ménage ratée que le docteur Sebastián eut le rare privilège de jouir d'estime et de prestige dans un endroit où estime et prestige avaient disparu en même temps que la prospérité, pour se voir substituer leurs contraires dans la décadence : dédain et méfiance. Il parvint même à gagner un peu d'argent, perdit sa femme et, après avoir ouvert un cabinet de consultation dans une gentilhommière sur la route de Región, non loin de l'arrêt de l'autocar, il put acquérir, entre la proclamation de la République et la révolution des Asturies, une petite Morris d'occasion — quelque chose d'un peu mieux qu'un jouet d'enfant, avec un moteur et deux phares — aussi endeuillée que lui et qui, si elle ne lui permit pas d'atteindre avec une plus grande célérité le chevet des malades, suscita du moins dans la région la confiance qu'inspire le fait d'évoluer avec son temps, selon une science qui se motorisait, contrastant avec la croix qu'on portait encore à pied, derrière un enfant de chœur et une cloche funèbre, pour procurer au moribond les soulagements adéquats.

Elle lui permit surtout d'accroître sa notoriété et son don d'ubiquité, la voiture sur le bas-côté et le capot ouvert, lui penché sur le moteur, les mains dedans, ces mains qui se consacraient à la tête du delco ou aux gicleurs avec le même soin, la même délicatesse et peut-être la même fréquence qu'à une césarienne ou une hydropisie. Peu après l'achat du véhicule, le docteur vendit son cheval à don Modesto pour un prix très raisonnable, car, bien que l'animal ne fût plus tout jeune, il était très sûr et passait n'importe où. Ce geste fut tout d'abord désapprouvé et même condamné par certains éléments républicains et progressistes qui, considérant le docteur comme l'un des leurs, s'accommodaient mal d'une initiative qui facilitait tant les fonctions du curé. Mais, les mois passant, tous finirent par reconnaître la noblesse d'un docteur Sebastián qui avait compris que le nouveau propriétaire du cheval ne pouvait être que don Modesto Relaño, si l'on voulait éviter qu'une pratique acquière un avantage excessif sur l'autre, moins favorisée par le signe des temps. Tous deux expédiés ainsi vers le même destin, il n'était pas rare de voir don Modesto, chevauchant tranquillement, les mains sur les flacons des saintes huiles appuyés au pommeau, la tête et le bonnet oscillant à un rythme somnolent, derrière l'enfant de chœur qui tenait les rênes de la main gauche et de l'autre la croix des âmes en peine, dépassant le docteur plongé dans la réparation de la panne, les mains noires, et lui adressant ces propos toujours identiques et profondément désabusés : « Ah, docteur, docteur ; la science, la technique ; c'est comme ça, docteur, c'est comme ça », qui semblaient surtout blesser le cheval, lequel ne pouvait s'empêcher, sans cesser d'avancer, de tourner la tête vers son ancien maître pour constater avec tristesse la manière dont la jeune et moderne rivale qui l'avait supplanté n'avait réussi, malgré ses multiples charmes et avantages, qu'à lui causer des problèmes, des retards et des soucis supplémentaires.

Mais la guerre mit un terme pour le docteur à toute vie active. La première chose qu'il liquida fut la Morris, qui, après une période de festivités éphémères entre miliciennes, miliciens et mousquetons, finit ses jours au rebut dans un raidillon de Soceanos, sans roues, sans capote, sans volant, sans sièges, le radiateur criblé de balles et les portières ouvertes, barbouillées de sigles prolétariens. Puis ce fut le tour de ses amis, de ses rares adversaires, de sa clientèle, de sa pratique professionnelle et de son enthousiasme. Tout cela s'évanouit et, au printemps 1939, le docteur Sebastián se retrouva dans une telle solitude qu'on raconte qu'un jour un homme arriva à sa consultation en demandant le docteur Simeon. « Simeon ? » demanda le docteur. « Ah, non, dit l'autre, Sebastián... Non, vous avez sans doute raison ; c'est ça : Simeon, Simeon. M'apporteriez-vous par hasard une colonne ? »

A vrai dire, l'idée de quitter la région n'effleura jamais le docteur. Et si en 1936 quelques voix amies l'avaient discrètement engagé à quitter son domicile, car personne à cette époque ne pouvait se considérer à l'abri d'un crime arbitraire — surtout quelqu'un d'instruit, vivant dans l'aisance et sans opinions définies —, tous ceux qui avaient partagé avec lui les années de guerre et d'angoisse pendant lesquelles le docteur travailla sans manquer un seul jour à l'hôpital de campagne de Región le pressèrent de les accompagner dans la diaspora forcée qui suivit le triomphe de l'ennemi. Mais dans les deux circonstances le docteur se refusa à partir. Il fallait accepter son sort là où on était, avait-il coutume de dire, « parce que je ne suis pas préparé pour la lutte » et que fuir serait pour lui « la forme la plus rationnelle et la plus triste de lutter », « une manière d'accepter la continuation du combat ». Le docteur ne pouvait s'imaginer loin de Región ; il pensait ne jamais abandonner sa terre, non pas parce qu'alors il cesserait de se comprendre lui-même, mais au contraire parce que de cette façon il parviendrait peut-être à comprendre une nature qu'il se refusait à mépriser en dépit des sollicitations de la raison pratique. Il demeura complètement seul, sans amis ni adversaires. Tout se réduisit à quelques vexations que lui firent subir les jeunes entrés en triomphe à Región — triomphe qui n'était cautionné par aucune victoire décisive, sur aucun terrain — et à autant d'actes de compréhension et de réparation venant d'autorités plus tolérantes et amicales qui, connaissant son intégrité et sa compétence, lui offrirent même une collaboration avantageuse avec le nouvel État, que le docteur Sebastián repoussa sans se poser trop de questions.

Durant les dix ans qui suivirent la guerre, le docteur continua à exercer la profession de médecin de campagne, mais avec moins de succès que pendant la décennie précédente. Il se vit obligé d'acheter un nouveau cheval — pas à don Modesto, emporté par les hordes pour être, hélas, remplacé ensuite par un prêtre violent et enthousiaste qui s'amusa à distribuer des hosties pendant toute la durée du conflit, jours fériés inclus — et de reprendre son travail là où il l'avait commencé trois lustres auparavant. A cette époque il était déjà porté sur la bouteille — en particulier sur un marc sec de soixante-quatre degrés, peu parfumé, qui était l'orgueil des Caves Carrión —, mais à partir de là cette habitude commença à l'emporter sur toute autre activité. C'était un homme de taille moyenne mais mince et très robuste, capable de supporter de nombreux excès. Les veines de ses joues ne se firent pas saillantes, il ne prit pas de ventre, mais son haleine s'imprégna d'une certaine odeur de laboratoire, comme s'il abritait à l'intérieur tout un rayon d'expériences conservées dans du formol ; il perdit l'appétit, ses bras et ses jambes devinrent squelettiques, ses mains décharnées, parsemées de taches sombres de nécrose. Même soûl, il était encore capable de sectionner le bras d'un foreur accidenté ou d'extraire un enfant qui se présentait mal, et dans les villages du bassin minier — de plus en plus bassin et de moins en moins minier —, on disait qu'à part sa bonté spontanée, ses prescriptions limitées et ses honoraires insignifiants, son plus gros atout comme médecin ou chirurgien d'urgence résidait dans le système d'anesthésie naturelle qu'il transmettait avec sa respiration. L'alcool et l'assurance maladie finirent par venir à bout de lui et, à cinquante et quelques années, il vivait, tant bien que mal, complètement à l'écart.

Fayón avait été un de ses grands amis de jeunesse. Avocat et journaliste dès l'époque de la campagne d'Afrique, il avait commencé à faire parler de lui grâce à son ardente foi républicaine — très antérieure à 1931 —, et ce qu'on appelait alors une plume mordante, mise au service de ses idéaux, si elle ne rendit pas son nom vraiment célèbre, le fit du moins reconnaître au-delà des limites de la province. Durant la guerre civile, il s'engagea davantage et se lança dans un militantisme qu'il sut concilier avec son activité de journaliste. Très vite on commença à dire de lui qu'il était au service de Moscou et le parti adverse reconnut son importance par quelques caricatures qui le représentaient comme un ogre, le visage et les mains éclaboussés de sang espagnol. Avec le gouvernement Negrín, il parvint à être sous-secrétaire d'État ou quelque chose d'approchant et, la dernière année de la guerre, on lui confia un poste politique discret mais de grande responsabilité, du genre chef du cabinet technique adjoint à la Présidence, fonction qui, assurant la liaison entre les différents départements, lui permettait d'être informé de toutes les mesures que prenait le gouvernement : il était en effet tenu d'apposer un « pris connaissance » dans la marge de chaque document ou rapport émanant des plus hautes autorités. Aussi le 28 mars 1939 dut-il quitter l'aéroport de Chiva dans un avion biplace sans cabine, la compagne à laquelle il s'était uni six mois auparavant assise sur ses genoux, pour atterrir à Mostaganem le lendemain matin à la première heure. Après avoir été emprisonné, expédié dans un camp de concentration puis libéré, il vola d'Oran à Paris pour rallier le gouvernement de la République en exil, lequel avait déjà repris son activité et ses séances sur une terre étrangère qu'à nouveau il dut quitter le 17 mai de l'année suivante, fuyant les panzers de Guderian et ses moteurs brûlants — impatients de reprendre l'avance inexplicablement suspendue par Kleist —, pour se retrouver une fois de plus sain et sauf à Londres, d'où il décida de partir l'été de la même année. Pourquoi ?

Fayón aussi avait un penchant pour l'alcool, mais ses années d'exil l'avaient éloigné du marc pour le rapprocher du whisky. Il y avait alors à Región, sur la route, une buvette tenue par un couple sympathique — surtout la femme. Au printemps et en été, l'établissement s'étendait un peu grâce à quelques tables pliantes placées sur la rive du Torce ; à l'intérieur, sur les étagères, entourée d'alcools nationaux — Fundadores, Emperadores, Comendadores, Conquistadores, Picadores et Vencedores —, une très belle bouteille de Long John d'un gallon ruminait son exil souverain. Personne n'avait touché à ce whisky jusqu'à l'arrivée de Fayón, qui fut le premier à y goûter. La femme — elle s'appelait Hortensia — le vendait à un prix dérisoire, et c'était le mari qui était chargé de le servir.

« N'est-ce pas, docteur, demandait Hortensia, qu'il faut boire ça dans des verres spéciaux ? Moi, le représentant m'a dit que ça se buvait dans des grands verres, et il m'en a fait cadeau d'une douzaine. Ce n'est pas vrai, docteur, qu'il faut le boire comme ça ?

— Certainement, disait le docteur.

— Absolument, confirmait Fayón.

— Tu vois ce que je te disais ? » Hortensia se tournait vers son mari, qui parfois la regardait avec perplexité mais qui, pour certaines choses touchant la bonne société, reconnaissait sa supériorité. « Tu ne m'écoutes jamais, toi tu n'y connais rien là-dedans, Manuel. Alors, ce sera deux whiskies ?

— Un grand marc et un whisky. Vous pouvez utiliser ces verres pour les deux, ça fera plus symétrique.

— Comme vous voudrez, docteur. »

Et Hortensia remplissait les deux verres, jusqu'au bord, avec les deux boissons.

« Sans glace, non ?

— Surtout pas de glace, Hortensia », expliquait

l'un des deux pour l'aider à maintenir et accentuer sa supériorité sur le mari. « Quand l'alcool est bon, il doit se boire sec. »

La double consommation devait coûter dans ces années-là dix pesetas ; lors de la première rencontre qui eut lieu à Región entre le docteur et Fayón — après ces quinze ans d'absence du second —, la bouteille de Long John, entamée par un individu sans scrupules, dura quarante-huit heures et trois bouteilles de marc de trois quarts de litre furent vidées avant d'aller à la poubelle. Il faut dire qu'ils invitèrent plusieurs personnes venues les saluer et aussi une femme un peu voyante qui, de passage dans le village, logeait aux Quatre-Nations — en compagnie d'une fille plus jeune —, dans le salon duquel ils passèrent la soirée.

A la buvette, et au même emplacement de l'étagère qu'avait occupé la précédente, apparut une seconde bouteille de Long John, intacte, d'un gallon également. Au cours de ces quinze années, le docteur et Fayón avaient eu très peu de nouvelles l'un de l'autre. Un jour de la décennie des années quarante, le docteur avait reçu une carte postée de Lima, Pérou : « Cher Daniel : Je vis maintenant à Lima où j'ai monté une affaire d'imprimerie. Je ne peux pas me plaindre. L'écoulement de ta maison fonctionne-t-il bien ? Avec toute mon affection, Alejandro A. », à laquelle le docteur avait répondu au verso de la vue bien connue du pont d'Aragon, en sépia : « Cher A.A. : L'écoulement comme tout le reste, mais moi non plus je ne peux pas me plaindre. Un peu de compagnie serait la bienvenue, mais enfin... Conserve bien toute l'affection que j'ai pour toi, Daniel. »

« Mon erreur fut d'aller à Paris en 39, dit Fayón,

une erreur monumentale qui ne pouvait se réparer qu'avec une réussite du même genre. Et ça, ça exige une décision, une décision pour toute la vie, Daniel, pour toute la vie. »

Le docteur ne répliqua pas ; tout, dans sa propre vie, avait été erreur monumentale ; il pensa que, lorsqu'on poursuit sans compromis les objectifs de sa vocation et de son goût, et qu'on finit par les atteindre, à la fin on a une dette ; un échec relatif permet de payer moins cher, c'est une situation plus confortable.

« A Londres, j'ai appris que le gouvernement du Pérou avait rendu publique une décision par laquelle il interdisait l'entrée de son territoire à tout républicain espagnol. Et je me suis dit : au Pérou. N'importe comment, mais au Pérou, dit Fayón.

— Au Pérou ? L'ardent républicain espagnol, l'éternel lutteur part pour le seul pays qui n'admet pas l'entrée de ses coreligionnaires ? demanda le docteur.

— Et ça n'a pas été facile. Un voyage de trois mois pour finalement arriver à Lima en autobus depuis la Bolivie, tu t'imagines un peu. J'avais réussi à tromper la gendarmerie mais naturellement l'ambassadeur de Franco poussa les hauts cris et fit tout ce qu'il put pour qu'on m'expulse. Et ceux d'Allemagne, d'Italie et du Guatemala aussi. Mais j'ai résisté, Daniel, j'ai résisté ; ils ne m'ont pas eu et me voici, devenu un monsieur, dans un pays où il n'y a pas un seul républicain espagnol, tu te rends compte ? »

Fayón vida son whisky — le verre portait l'emblème de la marque — et regarda le docteur avec insistance.

« L'erreur, ç'a été d'aller à Paris ; là-bas, ma

patience s'est épuisée. Les derniers mois de la guerre, on a beaucoup travaillé, mais, même si ça peut te paraître invraisemblable, il y avait encore de l'enthousiasme. Oui, un enthousiasme qui a résisté tout l'été et qui a repris une nouvelle vigueur en septembre, avec la guerre en Europe qui, d'après nous, allait nous rendre à l'Espagne en peu de temps. Mais le plus terrible ç'a été cet hiver à Paris ; là-bas, ma patience s'est épuisée.

— A Paris ?

— Paris viendrait à bout de n'importe qui, sauf d'un républicain espagnol. Il est évident et largement démontré, poursuivit Fayón, que seul un Espagnol non républicain peut venir à bout d'un républicain espagnol. Ça y est, Daniel ? demanda-t-il en levant le verre vide.

— J'ai fini, j'ai fini. Pourquoi tu es si pressé ?

— C'est pour ne pas faire travailler deux fois cette brave femme ; le chez-soi, il n'y a que ça de vrai ! Paris viendrait à bout de n'importe qui. Bien sûr, dès mon arrivée, le président me dit que je devais occuper immédiatement mon poste, tu sais, un poste clé. Merci beaucoup, Hortensia, vous êtes très gentille. Plus ou moins la même chose que je faisais à Valence, mais Valence c'était Valence et nous le gouvernement, et à Paris on n'était rien, quoi qu'en dise la presse. Le gouvernement se réunissait en conseil des ministres toutes les semaines et tout continuait de la même façon, comme si nous étions encore en Espagne, on rédigeait des décrets et des ordres ministériels comme si de rien n'était et on publiait le bulletin, naturellement. Ma première obligation consistait à convoquer le conseil, après une visite personnelle à chacun des ministres du secteur ; puis à rédiger les actes, faire le rapport, surveiller la publication du bulletin et communiquer aux intéressés les changements intervenus, en plus de mille autres choses.

— Ça, c'est du travail sérieux », remarqua le docteur, mouillant à peine ses lèvres dans le second verre de marc.

— Comme tu dis, répondit l'autre, faisant de même avec son whisky. Qui c'est, cette femme qui t'observe ?

— Je n'en sais rien, répondit le docteur. C'est la première fois de ma vie que je la vois.

— Du travail sérieux, en effet. Indépendamment du fait que nos amis du gouvernement se sont peu à peu installés à Paris chacun dans leur coin. Il n'y en avait pas deux qui soient voisins. L'un est allé à Saint-Cloud, un autre à Clichy, un autre à Auteuil, à Argenteuil, à la porte d'Italie, à Clignancourt, même à Saint-Denis. C'est à ce moment-là que j'ai formulé mon premier principe de géométrie politique, plutôt un axiome.

— Un axiome ? Ce ne serait pas plutôt toi qu'elle regarde ? Elle n'a pas l'air d'une femme tellement respectable, tu ne trouves pas ? demanda le docteur.

— C'est : “La distance minimale entre deux républicains espagnols en exil sera de dix kilomètres.” Signé Fayón.

— Moi, j'aurais dit le contraire : “La distance maximale”, insinua le docteur, portant pour la deuxième fois ses lèvres à son second verre de marc.

— C'est comme je te dis. Au début, je me déplaçais en métro, en autobus et en train ; jamais en taxi. J'avais besoin de deux jours pour convoquer le conseil et de quatre autres pour faire parvenir aux intéressés le contenu des accords ; alors je me reposais seulement le jour où se réunissait le cabinet et j'en profitais pour surveiller et réviser les publications ; je passais ma semaine à aller de Saint-Ouen à Auteuil, d'Auteuil à Clichy, et de Clichy de nouveau au métro, à l'autobus et au train. Et en plus ça revenait cher, d'après ce qu'on m'a dit à la Présidence.

— Ça ne m'étonne pas.

— Non, ça n'a rien d'étonnant. La Présidence décida donc, pour faire des économies, de m'acheter une bicyclette. Ça, ç'a été une vacherie, Daniel, une véritable vacherie que je ne méritais pas. Et je sais d'où est venue l'idée, je le sais très bien, mais peu importe, tout ça c'est du passé.

— Et tu n'as pas protesté ?

— Non, pas la peine. D'ailleurs, c'était une excellente bicyclette, la meilleure sur le marché : une Peugeot avec changement de vitesse à trois pignons, très légère et robuste. N'empêche qu'en quatre mois j'ai pédalé plus que Dalmatio durant toute sa vie. J'arrivais chez moi tellement épuisé que ma femme m'a quitté pour le premier Français qu'elle a rencontré chez le boucher, un type qui vendait des polices d'assurance. C'était d'ailleurs une fille formidable ; elle m'aimait, j'en suis sûr. Une femme très bien ; ensuite — et attention, je me suis marié trois fois —, je n'en ai trouvé aucune comme elle. Mais quelle est la femme qui peut supporter le chef du cabinet technique d'un gouvernement en exil qui fait quatre-vingts kilomètres par jour en bicyclette ? Tu peux me dire ? »

Ils étaient seuls dans la buvette. Par-dessus la masse des peupliers du Torce, le vert-de-gris avait envahi un ciel de cuivre et, au-dessus de la terrasse, toujours lointain et recueilli, Región recouvrait son aspect de forteresse éternellement assiégée.

« On va manger quelque chose, non ?

— Comme tu veux, dit le docteur, toujours sans appétit.

— Aux Quatre-Nations ?

— Aux Quatre-Nations ; où veux-tu aller ailleurs ?

— Madame Hortensia, demanda Fayón, pourriez-vous me remplir de whisky une bouteille d'un demi-litre ? C'est pour l'emporter à l'hôtel. Et vous me dites ce que je vous dois.

— Avec plaisir, monsieur. »

Madame Hortensia revint avec une bouteille de limonade remplie de whisky plus qu'à moitié. Elle écrivit quelques chiffres à la craie sur le dessus de la table.

« Ça fait soixante-dix pesetas », dit-elle en effaçant les chiffres avec un chiffon humide. « Le tout. »

Lorsqu'ils entrèrent dans la salle à manger de l'hôtel, la femme aux grandes boucles d'oreilles et aux nombreux colliers — accompagnée d'une fille plus jeune aux traits délicats, avec un pantalon très serré et des hauts talons — était en train de finir de dîner ; pendant qu'ils consultaient le menu, elles se levèrent de table et, en passant à côté d'eux, leur souhaitèrent bon appétit.

« Qui est-ce ?

— C'est la première fois de ma vie que je les vois, répliqua le docteur.

— Je t'assure que c'était beaucoup plus que ce qu'un homme peut supporter », continua Fayón, de retour dans le salon de l'hôtel, devant deux verres remplis à ras bord, l'un de whisky et l'autre de marc sec. « Ils étaient devenus fous. Ça me rappelait ces mères qui, à la mort de leur bébé, préfèrent perdre la raison plutôt que l'enfant et passent leurs journées à bercer un coussin ou à donner le sein à une poupée. C'était la même chose ; ils étaient devenus fous. Pendant toute la guerre ils avaient été très bien et avaient fait ce qu'ils pouvaient, mais, dès qu'ils eurent passé la frontière et se retrouvèrent sans bébé, ils perdirent la raison. Tu t'imagines... »

La femme aux colliers, boucles d'oreilles et bracelets entra et s'assit en face, sur l'autre fauteuil d'osier. Elle avait passé une robe blanche qui moulait ses formes et chaussé des mules. Il n'y avait plus personne dans l'hôtel, si ce n'est le concierge de nuit, derrière le comptoir, qui lisait un roman de cow-boys à la lumière d'une veilleuse. Presque toutes les clés — de grosses clés en fer avec une plaque de cuivre, attachée par un anneau, où était gravé le numéro de la chambre — pendaient aux pitons du casier et, dans un des fauteuils du vestibule, une chatte dormait, le ventre en l'air.

« Tu t'imagines ce que c'était d'arriver jusqu'à Clichy et de trouver un pauvre homme qui avait sous-loué deux pièces d'une maison minuscule et se préparait pour l'hiver en chargeant du bois dans une brouette. Un directeur général ou un gouverneur civil.

— Un ex-directeur général ou un ex-gouverneur civil, corrigea le docteur en portant à ses lèvres le bord du verre.

— Pas du tout. On était toujours en activité. Personne n'avait perdu son poste. C'était un gouvernement en exil, pas un ex-gouvernement. Il fallait travailler très dur, beaucoup plus dur que pendant la guerre. »

La fille plus jeune entra et déposa un sac sur l'autre table.

« Bonne nuit. Si vous n'avez besoin de rien, je vais me coucher.

— Bonne nuit, ma chérie. Moi, je vais rester un moment en compagnie de ces messieurs », dit l'aînée.

Les deux hommes la regardèrent avec une certaine surprise qui, lorsque la femme sortit du sac une flasque gainée de cuir, se mua en nette bienveillance.

« Vous aimez ? demanda-t-elle en remplissant le bouchon-verre.

— Merci beaucoup, madame. A votre santé.

— Tu t'imagines, poursuivit Fayón, ce que c'était de descendre de bicyclette et, à travers la clôture, d'informer le gouverneur civil de Castellón, pendant qu'il chargeait du bois sur sa brouette, qu'il y avait eu au dernier conseil des ministres des nominations qui le concernaient ?

— Excusez-moi, ce n'était pas vous, par hasard, le gouverneur civil de Castellón ?

— Non, non, madame.

— Ah, je me disais aussi. Parce que, vous savez, j'avais un cousin qui travaillait là-bas.

— Au gouvernement civil de Castellón ?

— Oui, par là. A Castellón de la Plana.

— Et de lui dire : "Don Mariano, vous n'êtes plus gouverneur civil de Castellón, on vous a nommé gouverneur civil des Canaries." Généralement, le don Mariano laissait choir son bois. "Des Canaries ? Qu'est-ce que vous me racontez là ? Vous êtes fou ? Qu'est-ce que je vais foutre aux Canaries ? Moi, là-bas, je n'ai personne, pas un ami, personne ! Non, mais il faut voir où ils m'envoient, comme si c'était au coin de la rue ! Les Canaries ! Je me débrouillais très bien à Castellón ; là-bas j'avais de tout, amis, famille, plage, et à deux pas de Madrid. Les Canaries ! Et la pauvre Conchita, qu'est-ce qu'elle va dire ?" J'aurais préféré ne pas être là, je t'assure ; c'était dramatique de le voir s'éloigner : "Conchita ! Conchita !" avec sa brouette à moitié chargée de bois, dans un coin de Clichy. "Conchita ! Conchita !" »

XII

Le capitaine arrêta son cheval au croisement de la route de Bocentellas et l'attacha à un orme. L'heure était tranquille et il n'y avait pas âme qui vive dans les parages. Il s'était habillé en civil, chose qu'il faisait rarement, et avait pensé à l'avance aux détails de la visite.

Dans cet endroit désert, un soleil sans pitié tirait son dernier appel à la violence des bouteilles vides, des boîtes de conserve et des morceaux de verre.

Le bar était vide et dégageait en permanence une vague odeur d'épluchures et de déchets que l'eau ne pouvait plus emporter. Du creux en partie caché par le comptoir, écartant les lanières du rideau, sortit le boiteux, trop fait à son métier pour ne pas savoir dissimuler sa surprise. Il passa un chiffon humide de couleur ocre sur le comptoir de pierre artificielle marbrée de veines blanches et noires devant le capitaine. Le capitaine commanda une bière — sans envie — et le boiteux posa un verre, sortit une bouteille de vingt-cinq centilitres d'une caisse, y passa le chiffon et ôta la capsule avec un ouvre-bouteilles fixe. Il appuya ses mains sur le comptoir, les bras ouverts formant presque un angle droit.

« Chaud, hein ? »

Le capitaine versa lentement la bière dans le verre incliné pour ne pas faire de mousse.

« Plutôt. Trop pour la saison. »

Le boiteux passa de nouveau le chiffon sur le comptoir, lui consacrant cette fois un secteur plus large.

« Comment ça va là-haut, mon capitaine ? »

Le capitaine but une gorgée rapide, comme s'il s'agissait d'une boisson chaude.

« Ça va. »

Le capitaine se décida à boire une bonne gorgée. Le boiteux alluma une Celta, aspira une longue bouffée et déposa avec précaution la cigarette sur le bord du comptoir, le bout allumé suspendu dans le vide. Puis il décrocha d'un piton une montre à bracelet métallique qu'il ajusta à son poignet, en l'agitant avec vigueur.

« La Tacón est là ? »

Le boiteux aspira une autre bouffée et, tout en rejetant la fumée et en déposant de nouveau la cigarette au même endroit, il fit de la tête une série de brefs signes affirmatifs qui s'amortirent progressivement avec la cadence finale d'un mécanisme à ressort, jusqu'à ce qu'elle restât baissée.

« On peut la voir ? J'aimerais lui parler. »

Le boiteux aspira une autre bouffée, déposa la cigarette au même endroit, dit : « Attendez », et sortit. Il y avait dans un coin deux tables basses avec des tabourets, sur un mur l'image d'une jeune fille de l'Union espagnole d'explosifs en tenue de chasseur et au milieu des étagères le calendrier d'un atelier de rechapage orné d'une femme nue. A une bouteille de crème de café pendait un chapelet et, d'un clou, un verrou avec sa clé. Toutes les mouches étaient au plafond. Les conserves de marinade, anchois, cornichons et olives se trouvaient protégées dans des caisses de plastique incolore. Le boiteux apparut sur le seuil.

« Je vous accompagne, mon capitaine. »

L'autre maison était beaucoup plus fraîche, car il s'agissait d'un bâtiment ancien, avec d'épais murs de pierre et de petites fenêtres qu'il n'était pas besoin d'entrouvrir. Le boiteux prit congé à la porte.

« Qu'est-ce que je vous dois ? demanda Medina.

— Rien, mon capitaine. C'est la maison qui invite, pour cette fois. »

La Tacón était de dos, assise dans un fauteuil, un bras nu qui tombait avec indolence et, au-dessus de sa main, la tête d'une fille brune que le capitaine put à peine distinguer à cause du contre-jour, mais qu'il identifia sur-le-champ.

« Entrez, entrez, commandant ; vous êtes ici chez vous. »

La fille était assise sur un tabouret très bas, au pied du fauteuil, et faisait les ongles à la Tacón. Sur la table ronde étaient posés une tasse avec de l'eau chaude, du coton, une serviette de toilette de la taille d'une serviette hygiénique et différents flacons de manucure, des pinceaux et des limes. Il régnait une forte odeur d'acétone.

« Enchantée de vous voir, commandant. Asseyez-vous.

— Capitaine.

Le capitaine ne bougea pas.

— Capitaine du génie Carlos Teodoro Rodríguez Medina, pour vous servir.

— Ravie de vous voir, commandant, ravie de vous voir. Quelle surprise de vous avoir chez moi ! J'ai beaucoup entendu parler de vous. Chiqui, donne une chaise au commandant. Vous voulez prendre quelque chose ? Un petit verre ? »

Lorsque la fille se leva, l'œil du capitaine tourna.

« Je vous en prie, ne vous dérangez pas. » Le capitaine approcha une chaise de paille de la table. « Merci beaucoup, j'ai pris une bière au bar. »

La fille reprit sa place sur le tabouret, tournant le dos au capitaine, et le nettoyage du vernis écaillé des ongles de la Tacón qu'elle enlevait avec de l'acétone, adoucissant ensuite avec de l'eau chaude.

« Et qu'est-ce qui vous amène par ici ? A quoi je dois cette agréable surprise ? » De la main gauche, la Tacón sortit une Bisonte d'une petite boîte en peau de serpent et, avec une grande habileté, l'introduisit dans un fume-cigarette noir et court. Les mains de la Tacón étaient grassouillettes, ses doigts, chargés d'anneaux et de bagues de pacotille, étaient épais à la base et effilés du bout, avec des ongles longs en forme de petite cuiller.

« Vous pouvez bien imaginer ce qui m'amène ici : Luis Barceló.

— Vraiment, vous ne voulez pas un petit verre ? demanda la Tacón, imperturbable.

— Non, vraiment. Merci beaucoup. »

La Tacón alluma sa cigarette avec un briquet en or, de bonne qualité.

« Eh bien, moi, si. Pour une fois. Allez, Chiqui, apporte-moi un verre de la bouteille de mon armoire. Comme ça, peut-être que le commandant se décidera », dit-elle, le bout des doigts de la main droite immergé dans la tasse d'eau chaude.

Lorsque la fille se leva, l'œil du capitaine tourna de nouveau. Elle avait un joli corps menu, avec de longues jambes, enveloppé dans une robe de chambre noire imprimée et très peu ajustée. Le capitaine l'avait déjà vue en d'autres occasions, toujours en compagnie de la Tacón, et son attention avait été attirée par un mélange d'innocence naturelle et de provocation calculée. A l'époque, il avait donné des ordres très stricts à la troupe, à propos du bar Doria, mais très vite il avait dû reconnaître que même les menaces ne pouvaient empêcher les soldats de le fréquenter aux heures de promenade ou lors des permissions de fin de semaine. Le capitaine était d'autant plus attiré par le bar qu'il s'était interdit d'y mettre les pieds, bien qu'aucun règlement ne l'y contraignît. Le bar l'intéressait énormément et il ne pouvait s'empêcher de ralentir le pas de son cheval — voire de l'arrêter sous un prétexte quelconque, de quelques tapes sur l'encolure — quand il passait devant, pour y jeter un long regard et observer les filles. Et ce qui l'inquiétait, surtout, c'était la présence toujours furtive de cette petite brune qu'il avait vue une fois ou deux dans la rue — accompagnant toujours la Tacón — ou dans un parcours presque imaginaire entre le bar et la vieille ferme, avec sa robe de chambre jusqu'aux chevilles.

Quand Olvera suggéra que les gens du bar pouvaient avoir trempé dans la fuite des deux disparus — une supposition qui allait de soi, vu les relations de tous ordres qui existaient entre Barceló et la Tacón, bien connues des soldats, des officiers et même du commandement militaire —, le capitaine se contenta de hausser les épaules pour indiquer que cette voie ne les conduirait pas très loin. « Par respect envers moi-même », avait-il répondu à Olvera, usant d'une emphase inhabituelle, quand celui-ci lui avait demandé pourquoi il n'était pas allé là-bas. Olvera lui avait rétorqué que, d'un côté, il prenait ses propres instructions trop au pied de la lettre et que, de l'autre, s'il voulait faire son devoir et retrouver Barceló et Palacios, il devrait passer par-dessus certains principes d'un code tout à fait personnel. C'était précisément ce que Medina voulait entendre d'Olvera pour obtenir, non plus l'autorisation ou le consentement d'un supérieur, mais une justification incontestable afin d'entrer une bonne fois dans le bar et de l'examiner sous tous ses aspects, locataires compris, ne fût-ce — car il ne croyait guère à l'utilité de cette visite pour la recherche des fugitifs — que pour rompre le sortilège que l'établissement exerçait sur lui, mettre un terme à son propre vœu et inaugurer une nouvelle ère qui lui permettrait peut-être, tout en maintenant le respect qu'il se devait à lui-même — garant du respect que lui devaient les soldats —, de le fréquenter sans préjudice pour son autorité.

La jeune fille apporta un verre rempli d'une liqueur transparente. C'était une eau-de-vie douce, qui faisait peu d'adeptes.

« Mais voyons, pourquoi tu n'apportes pas la bouteille ?

— Laissez, ne vous dérangez pas, je vous en prie. » Le capitaine s'adressait à la fille, le regard en ordre.

La Tacón étendit le bras et les doigts pour contempler ses ongles à distance.

« Bon, continuez », dit-elle en laissant retomber son bras, tandis que la fille regagnait son tabouret.

« Luis Barceló, dit Medina.

— Vous voulez regarder sous le lit ? demanda la Tacón avec aplomb et insolence. Je l'ai peut-être caché là.

— Je veux que vous m'aidiez à le retrouver. Tôt ou tard il se tournera vers vous et vous répondrez à son appel. Ils réussiront à sortir d'ici, je n'en doute pas ; il a déjà fait le plus difficile, ce que presque personne n'a fait. Mais à la longue ils l'attraperont. Et alors ça fera mal. Tandis que s'il se livre à moi, au fort, l'affaire s'arrêtera là. Je vous le promets. Mais il doit se livrer avant dimanche. Sinon, je ne pourrai plus rien faire. »

La Tacón écrasa sa cigarette dans le cendrier, gonfla ses poumons d'une longue inspiration et les bords de son décolleté laissèrent voir la moitié de deux gros seins blancs, le liseré de dentelle noire d'un soutien-gorge qui les contenait à grand-peine et, entre les deux, une ligne de chair rouge un peu lézardée. Elle s'écarta de son dossier et expulsa l'air par saccades.

« Commandant...

— Capitaine, capitaine Medina.

— Commandant, je lui ai dit mille fois de ne pas le faire. D'avoir de la patience et de purger sa peine comme il se doit, et ensuite on aurait vécu tranquilles ; ce n'est pas l'argent qui manque, Dieu merci. »

La Tacón avait dépassé la quarantaine. Sept ans plus tôt, alors qu'il n'avait que seize ou dix-sept ans, on avait retrouvé Luis Barceló dans la maison close qu'elle tenait à Valence et où il se rendait toutes les nuits avec deux autres compagnons, juste avant sa fermeture. C'était sa première escapade, non plus de Madrid, mais de son quartier, El Puente, à la suite d'un vol à main armée où un veilleur de nuit avait été grièvement blessé. La Tacón s'enticha du garçon, l'hébergea et l'entoura de soins ; elle lui acheta une demi-douzaine de costumes, autant de paires de chaussures et une douzaine de chemises ; elle l'emmena au restaurant, lui apprit à se tenir dans un bar et à se conduire avec les filles, sans accorder trop d'importance au fait qu'il allât de temps en temps avec l'une d'elles, du moment qu'elle était de la maison. Ce qu'elle ne pouvait supporter, c'était qu'on fît concurrence à son commerce, le meilleur, d'après elle, de toute la région de Valence.

Mais Barceló fit un faux pas : la nature reprenait ses droits. La Tacón commença à avoir des soupçons un soir, plusieurs jours après l'attaque estivale d'une caisse d'épargne, quand il exhiba de l'argent qui ne venait pas d'elle. Ils eurent une scène. Elle lui dit qu'il n'avait aucun besoin de faire ce genre de choses ; qu'il pouvait lui demander l'argent qu'il lui fallait, que Dieu merci elle n'en manquait pas ; qu'elle ne voulait plus entendre parler de délits ; que son commerce était très sérieux et qu'elle ne pouvait pas le compromettre ; qu'elle était obligée d'être en règle avec la loi ; pas de magouilles. Mais Barceló était finaud, et ses doigts trop agiles pour rester au repos. Il fit un autre faux pas en sortant d'une horlogerie et en prit pour quatre ans. Il y avait eu du sang. La Tacón se démena — elle se débrouillait très bien dans certains milieux — et le fit sortir, alors qu'il n'avait fait que quelques mois, pour une caution raisonnable. Les choses semblèrent changer à la suite de la période qu'il avait passée à l'ombre et qui influa sur son caractère ; il devint plus tranquille et plus casanier. Ils louèrent un appartement à Alicante et Barceló finit par s'intéresser à l'administration de la maison de Valence ; il apporta des idées, fit venir des filles nouvelles, certaines d'Algérie. Ils ouvrirent une succursale dans un faubourg de San Juan, qui marcha à merveille, dégageant des recettes dépassant même celles de Valence, jusqu'à ce qu'un ordre du gouvernement fît fermer toutes les maisons closes du pays, du jour au lendemain. Ils congédièrent les filles et bradèrent leurs effets. La Tacón avait quelques économies — et quelques bijoux, aucune action — et ils gagnèrent Barcelone où ils ouvrirent un bar, à Can Tunis, qui donnait plus de travail que d'argent. Barceló retourna à ses mauvais penchants, mais à cette époque la Tacón, soit que son respect envers les autorités eût diminué, soit qu'elle ne vît pas d'un si mauvais œil l'accroissement des recettes à un moment où ses revenus n'étaient plus ce qu'ils avaient été, n'y opposa pas une résistance aussi catégorique. Il fut pris une seconde fois, avec moins de chance que la précédente. La Tacón avait également moins d'influence et moins d'argent, et Barceló passa près de deux ans à l'ombre. C'est pendant ce séjour qu'apparut la Chiqui, que la Tacón rencontra, quand c'était encore une gamine, dans un salon de coiffure de Gracia où elle travaillait comme apprentie. La Tacón ne voulait pas avoir d'histoires avec d'autres hommes, fût-ce pour une nuit ; cette fois elle en avait un et, l'idée d'un écart lui déplaisant, elle en craignait aussi les conséquences — non pas que Luis voulût se venger mais plutôt qu'il se serve de ce relâchement comme prétexte pour filer. La Tacón, dans ces circonstances, réagissait comme toutes les femmes ; elle commerçait avec son honnêteté, même à très long terme. A cette époque, elle avait laissé le bar de Can Tunis pour un bar de rendez-vous dans le quartier de Gracia et loué un appartement dans un immeuble, où elle recevait. Elle avait emmené la Chiqui, plus pour l'utiliser comme rabatteuse qu'autre chose, et l'avait prise chez elle. Elle n'aimait pas qu'on touchât à la Chiqui et, à moins qu'un client ne s'entichât d'elle et ne lâchât bêtement le paquet, elle se la réservait. La seconde libération de Barceló fut la plus éphémère ; il y avait à peine six mois qu'il était à l'air libre quand il se fit repincer, cette fois à cause d'un mouchardage et, en fait, d'une accumulation d'erreurs. Malgré tout, ils vécurent tous trois une période assez tranquille dans l'appartement de Gracia et ce qu'avait redouté la Tacón — un raccordement direct entre Barceló et la Chiqui, court-circuitant le tableau — ne se produisit finalement pas. Barceló gagna la capitale, pour affaires personnelles, et il se fit pincer là-bas. Au bout d'une semaine sans nouvelles, la Tacón commença à s'impatienter et courut à Madrid où elle apprit tout, sauf le plan de Barceló pour filer avec la Chiqui, contrarié au dernier moment par les flics. Cette fois, c'était sérieux ; il pouvait passer six ans à l'ombre si le pape ne mourait pas dans l'intervalle. La Tacón fit ses comptes ; dans le pire des cas, elle aurait quarante-trois ans à la sortie de Luis, mais elle se maintenait en forme et restait douée pour les affaires ; elle n'hésita donc pas ; elle opta pour la voie de la fidélité. Elle prit deux billets, pour elle et la Chiqui, et fila à Madrid, où elle ouvrit son énième bar de rendez-vous, près de la Puerta de Toledo, non loin du Rastro.

La fille avait fini de nettoyer le vernis de la main droite et elle passa avec son tabouret de l'autre côté du fauteuil, tout près du capitaine, tandis que la Tacón agitait les doigts pour faire sécher le produit. L'œil du capitaine Medina tourna, ce qui n'échappa pas à la Tacón, femme d'expérience.

« Je lui ai dit mille fois, mais il faut le connaître, commandant ; quand il a une idée, il n'y a pas moyen de lui ôter ; il n'est content que quand il a réussi. »

La fille travaillait avec application. Quand elle

employait la lime, tout son torse s'agitait, sa robe de chambre se desserrait et son décolleté laissait voir ses seins petits et bien formés. La bouche du capitaine demeura entrouverte et seules les paroles de la Tacón le firent revenir à son sujet.

« Il ne viendra pas par ici, il n'est pas si bête. »

Pour éviter qu'elle ne remarquât son agitation, le capitaine se leva de sa chaise et fit quelques pas à travers la pièce, de l'autre côté de la table, les mains dans le dos ; au cours de ses allées et venues, il jetait des regards furtifs sur les seins de la Chiqui.

« Vous êtes la seule personne qui puisse le convaincre de revenir. Je le dis pour son bien. S'il ne se livre pas maintenant, tout sera beaucoup plus difficile. Et beaucoup plus grave. »

La Tacón alluma une seconde cigarette et, à sa manière de fumer, Medina comprit qu'elle était en train de ruminer quelque chose.

« Vous vous trompez si vous croyez que je peux faire quelque chose. Vous comprenez bien que je ne sais ni où il s'est fourré ni où il a l'intention d'aller. »

La Tacón fit tomber la cendre de sa cigarette d'un mouvement du petit doigt. Sur un geste de la Chiqui, elle leva la main gauche et observa ses ongles à distance. Elle fit une pause et but une petite gorgée qui diminua à peine le contenu du verre. Puis, de façon inattendue, elle posa trois doigts sous le menton de la Chiqui et l'obligea à lever la tête. La Chiqui obtempéra, les yeux fixes et baissés, comme si elle obéissait aux ordres digitaux d'un photographe, et entrouvrit la bouche, la langue tendue, probablement appuyée contre les dents du bas.

« Vous avez vu le bijou que j'ai chez moi ? Regardez-moi ces yeux — le capitaine, surpris, fit un pas en arrière —, ces cheveux, cette peau. » La Tacón saisit le menton de la Chiqui et lui agita délicatement la tête d'un côté à l'autre. La Chiqui ne remua pas une paupière, la bouche entrouverte et la langue probablement tendue. « Regardez, commandant, ce joli visage, quel bijou. »

Le capitaine fit le geste de s'en aller mais ne dit pas un mot. D'un mouvement rapide, la Tacón ouvrit alors la robe de chambre de la Chiqui pour découvrir son épaule et son sein gauches.

« Regardez-moi ce sein, commandant, vous avez déjà vu quelque chose de pareil ? dit la Tacón passant sa main sous le sein pour le remonter. Et tout brun. Ne me dites pas qu'il ne vous plairait pas... » Le capitaine marmonna quelques paroles indistinctes pendant que la Tacón rapprochait avec sa main la tête de la Chiqui et lui assenait un baiser de patronne qui laissa sur sa joue l'empreinte orangée de ses lèvres. « Ouille, que c'est bon et que c'est tendre ! »

Lorsque la Tacón entendit la porte se refermer, elle se redressa contre le dossier. Elle but une bonne gorgée et exhala une bouffée profonde et prolongée. Les mains sur le fauteuil et le regard lointain, elle dit :

« Ton salaud de copain. S'il s'avise de faire ce à quoi je pense, il va se souvenir de moi. Il va se souvenir de moi. Et comment, qu'il va s'en souvenir ! »

D'un revers de main elle envoya une gifle à la Chiqui, au même endroit que le baiser.

« A quoi tu penses ? T'as pas bientôt fini, emmerdeuse ? »

XIII

« Et encore, quand il ne fallait pas partir à bicyclette à toute allure, poursuivit Fayón, pour éviter de plus grands problèmes. Je me rappelle la dernière fois avec un petit jeune, sympathique, très gentil, qui avait travaillé avec nous à Valence, je ne sais dans quoi. Quelque chose de pas très important, mais il était consciencieux et serviable, et le fait est qu'il a réussi à partir, je ne sais pas comment, avec le "Lézardieux" ou le "Stambrook" je suppose, ces bateaux qui ont pu sortir de Valence ou d'Alicante dans les derniers jours de la guerre. Le fait est qu'il a réussi à arriver à Paris et, comme il était sérieux et qu'il avait envie de travailler, il connaissait même un peu le français, il a très vite trouvé du travail dans un commerce en banlieue, une quincaillerie du côté de Malakoff ou quelque chose comme ça. Je sais que c'était cruel de notre part ; je crois que, juste avant de quitter l'Espagne, il avait pris le parti du colonel Casado et qu'à cause de cela il n'était pas très bien vu par les éléments les plus intransigeants du gouvernement. Mais, dès qu'il y en avait un qui réussissait à s'en tirer, les autres se souvenaient de lui et lui demandaient de l'aide pour n'importe quoi, surtout au cours de cette période d'agitation gouvernementale à la fin de l'hiver. Il s'appelait Ramón, je me souviens très bien, Ramón je ne sais quoi. Je suis allé à Malakoff à bicyclette et je l'ai trouvé derrière son comptoir — un magasin important, ne crois pas —, en train de ranger des vis, des tire-fond et des choses de ce genre. "Ça alors, Alejandro, qu'est-ce que tu fais par ici, ça me fait plaisir de te voir, comment ça marche ?" Bref, tout ce qu'on dit dans ces cas-là. Je t'ai dit, un garçon sympathique et très normal, tout ce qu'il voulait, je crois, c'était oublier tous les empoisonnements de la guerre et vivre en paix, se faire un peu d'argent et peut-être retourner en Espagne au bout de quelques mois. Tu t'imagines, vingt-cinq ou trente ans et probablement une fiancée à Valence, va donc savoir. "Ramón, je lui dis, je t'apporte des nouvelles." Moi, j'étais habitué à m'attendre au pire. Je t'assure que nulle part je n'ai été reçu avec plaisir. Je n'apportais que des mauvaises nouvelles ; la dernière nomination ne plaisait jamais à personne ; je ne sais pas comment ils se débrouillaient, mais le fait est que personne n'était content. Peut-être y avait-il quelqu'un dans un département de la Présidence qui passait tout son temps à se demander : Celui-là, comment je pourrais le baiser ? Et il le baisait, ça, je t'assure. Je lui dis : "Ramón, je t'apporte des nouvelles. — Des nouvelles, quel genre de nouvelles ?" Le gars pensait peut-être à une lettre de sa fiancée ou de sa mère. "Eh bien, des nouvelles, bonnes ou mauvaises, je ne sais pas, mais enfin des nouvelles." Moi, en fait, je n'osais plus dire ce qui m'amenait, je craignais toujours le pire, j'avais un nœud dans la gorge. J'avais expédié des gens aux Canaries, quelques-uns dans le Protectorat et même dans la zone de Franco, tu vois un peu. Parce que pour eux la zone de Franco existait toujours, comme si une partie du pays continuait d'être à nous, virginalement préservée par un arrêt miraculeux de l'histoire à une date déterminée à partir de laquelle il n'arriverait plus rien. Je lui dis : "Bon, Ramón, eh bien, ce sont des nouvelles qui ne sont pas mal. Mais pas mal du tout. — Bon, alors dis-le une bonne fois, quel genre de nouvelles ?" Finalement il a fallu que je le lâche : "Ramón, ils t'ont nommé directeur général des ports et signaux maritimes." Tu vois un peu. »

Le docteur avait ouvert la fenêtre de la chambre qui donnait sur les jardins maraîchers de la plaine. Au-dessus du sombre écran de peupliers, dans un ciel teinté d'indigo, les étoiles avaient surgi, inquiètes, et semblaient clignoter, domptées par les grillons. Discrètement, le docteur ôta son dentier, ce qu'il faisait toujours à pareille heure, et le mit dans sa poche, convenablement enveloppé. « "Ports ? Signaux maritimes ?" Il avait un regard de fou, je te jure. Ou de fureur, de honte, de rage, de colère, le mélange le plus explosif que tu peux imaginer. "Bande de salauds, vous allez voir !" Et il s'accroupit. Heureusement — bon, moi j'étais fait à tout —, je me suis penché au-dessus du comptoir pour voir ce qu'il cherchait et j'ai vu qu'il prenait une clé anglaise grande comme ça ; je n'ai pas traîné, je me suis mis à courir. Il a sauté par-dessus le comptoir, brandissant sa clé anglaise.

» "Signaux maritimes ? Vous allez voir !", comme un fou. Les gens se retournaient pour regarder, et heureusement que j'avais laissé là-bas ma bicyclette, que j'ai enfourchée à la Tom Mix. Je filais à toute allure dans Malakoff et je l'entendais encore crier :

“Signaux maritimes, signaux maritimes !” au grand étonnement des gens. Et je me suis dit : C’est la dernière fois, Alejandro, c’est la dernière fois. Tu ne crois pas que j’avais raison, Daniel ? »

Le docteur acquiesça.

« Pourquoi tu ne réponds pas ?

— Mmm...

— Tu ne crois pas que j’avais toutes les raisons du monde ?

— Mmm...

— J’avais toutes les raisons du monde, je t’assure que j’avais toutes les raisons du monde. Je t’assure, Daniel, ce n’était pas supportable. »

Le docteur, assis dans l’unique petit fauteuil de velours de la chambre, avait les yeux qui se fermaient et, ne pouvant éviter que de temps à autre sa tête ne tombât, il la redressait aussitôt, avec une expression forcée et attentive.

« Insupportable, je t’assure, Daniel. Ce qui fait que je n’ai même pas pris congé de la Présidence et, au moment des événements de mai 40, j’ai enfourché ma bicyclette, et salut au plaisir. C’est la seule occasion où je n’ai pas regretté de ne pas avoir de femme. Je crois que je suis passé de la deuxième armée de Huntziger au dix-neuvième corps de blindés de Guderian sans remarquer leur présence ; et, bien sûr, sans qu’eux remarquent la mienne. Le fait est que je me suis précipité dans le ferry de Calais comme si c’était le Vél’ d’Hiv’, un peu plus j’en ressortais par la proue. Tu t’endors, Daniel, pourquoi tu n’enlèves pas ta veste ? Tu ne veux pas t’allonger un moment ? »

Le docteur vida les poches de sa veste sur la table de nuit, la pendit dans l’armoire, approcha le verre de marc, sortit l’oreiller de sous le couvre-lit et se coucha sur le lit, sans l'ouvrir. Le mauvais moment semblait passé. Pourtant, une minute plus tard, il dormait. Fayón alluma l'applique du mur et éteignit le plafonnier. Mais la lumière de l'applique était si violente qu'il la recouvrit d'une serviette de toilette pour l'atténuer. Il souleva les chevilles du docteur, retira le couvre-lit qu'il étendit ensuite sur ses jambes jusqu'à la hauteur des genoux. Le docteur dormait sans faire de bruit.

Fayón s'assit dans le petit fauteuil de velours, face à la fenêtre grande ouverte. Il restait encore trois doigts de whisky dans la bouteille de limonade. C'était une nuit sereine et impassible, solde final d'un chaos qui ne se reproduirait jamais plus, un bilan définitif où les comptes individuels se trouveraient regroupés dans une assiette globale inaltérable et d'où semblaient exclus les seuls grillons, qui continueraient à chanter au-delà de toutes les catastrophes, grâce à leur incorruptible faculté de mépris.

Quand il se réveilla, le jour se levait et le docteur dormait toujours, dans la même position, sans faire de bruit. Il se regarda dans le petit miroir au-dessus du lavabo et se passa un peu d'eau sur le visage. Il entrouvrit les volets de la fenêtre et sortit de la chambre sur la pointe des pieds. Une lampe à abat-jour au fond du couloir était encore allumée. Il saisit la rampe de l'escalier mais, avant qu'il abordât la première marche, la porte de la chambre du palier s'entrebâilla et dans l'ouverture, maintenant le battant, la femme aux colliers et bracelets — démaquillée, les traits gonflés par le manque de sommeil, la robe de chambre en désordre — lui lança un regard de biais, noyé dans la fumée de sa cigarette.

Fayón hésita un moment puis descendit l'escalier

d'un pas chancelant. Derrière le comptoir, le concierge de nuit poursuivait la lecture de son roman de cow-boys et leva à peine les yeux quand il traversa le hall en direction de la porte.

XIV

Les bagages de Tinacia n'étaient pas très volumineux, si l'on tient compte du fait qu'il s'agissait d'un déménagement définitif : une grosse malle, trois ou quatre grandes valises, attachées avec des cordes et des courroies, deux petites, deux paniers et une chapelière. La malle, deux des grandes valises et un panier furent placés sur la galerie et le reste fut réparti entre le coffre et l'espace qui sépare le siège du conducteur du siège contigu, qu'occupa Fayón, tandis que Tinacia Mazón et le docteur s'installaient derrière celui-ci, à gauche.

Bien que la distance à parcourir ne fût pas très longue, le déménagement dans son ensemble exigeait un certain temps ; aussi décidèrent-ils de partir tôt — ou ce que les deux hommes considéraient comme tôt, neuf heures du matin.

La maison des Mazón n'était pas une maison de campagne, c'était la maison mère des Mazón, l'origine géographique du nom et de la famille, le seul lieu de référence au nord d'El Salvador jusqu'au début du dix-neuvième siècle ; située à mi-chemin entre ce village et El Auge, là où le Torce entre dans la plaine, on pouvait dire qu'elle constituait le point de départ du développement, de l'exploitation, de la colonisation et de la prospérité que devait connaître la région entre le début du siècle et les années de la dictature de Primo de Rivera. Grâce à la solidité de la construction, une partie de la maison n'était pas encore en ruine et pouvait être aménagée sans trop d'efforts, pourvu que les locataires ne se formalisent pas d'être entourés de cadavres de l'architecture populaire et de squelettes industriels ; car malgré — ou peut-être à cause — des tentatives de restauration nonchalantes et peu convaincantes qui, par diverses voies et personnes, avaient été menées à la fin des années quarante et au début des années cinquante, les ruines d'El Salvador, Titelácer, Escaen et Nueva Elvira étaient toujours là ; les troupeaux occupaient la cave de la centrale de San Juan, autour de la vieille turbine Francis, pendant que le berger contemplait la chevelure blanchie du fleuve sur le barrage ; de l'usine des Corral seule subsistait une héroïque cheminée de brique, courbée comme une canne à pêche, qui résistait jour après jour à l'attraction de la chute ; des jardins de Gros et Henau il ne restait aucune trace, et entre les hennés et les tournesols de la station balnéaire de Cartago, acquise depuis des années par un mineur passagèrement enrichi qui en avait tenté la réouverture, les wagonnets, rails, armatures et traverses d'une industrie qui avait marqué la montagne d'entrées de mine désertes et de décombres de schiste et de phyllade où poussaient à grand-peine quelques buissons probablement ignorés des classifications, consumaient leur purgatoire d'oxyde.

Mais la plus endommagée, sans aucun doute, était la maison des Mazón, peut-être pour avoir été la première et la plus importante, la mère fondatrice, peut-être aussi du fait de la folie fratricide de cette famille, réduite maintenant à Tinacia et à quatre ou cinq neveux et nièces qui attendaient sa mort pour entrer en possession d'une demi-douzaine de biens immobiliers et de deux propriétés grâce auxquels ils pourraient retrouver le médiocre niveau de vie, aujourd'hui dégradé par la stérilité et l'indolence, qu'ils avaient connu vingt ans auparavant. C'est peut-être pour ne pas les voir autour d'elle que Tinacia Mazón avait décidé de retourner là, à plus de quatre-vingts ans, et d'y consumer les six mois de vie que sans trop de précaution on lui avait concédés à la clinique, avec la même précision numérique que pour un crédit. C'était une folie, un suicide, un désir d'écourter le délai ou, dans le meilleur des cas, un cadeau par lequel elle pouvait éviter pas mal d'ennuis à ses héritiers.

Depuis des années vivait ici un métayer, Antonio, plus jeune que Tinacia, mais pas de beaucoup ; c'était là qu'il était né et qu'il avait travaillé toute sa vie, à l'exception de la période — comprenant toute la guerre et une bonne partie de ses séquelles — où Cristino, le dernier des Mazón qui avait habité la maison et avec lequel il n'avait jamais pu s'entendre, régissait tout. A la mort de Cristino, Antonio demanda à revenir ; son honnêteté et son attachement à ce domaine étaient tels que, tous les quatre ou cinq mois — délai dont il avait besoin pour que le produit acquît une certaine consistance —, il envoyait à Tinacia les bénéfices qui lui revenaient, selon le contrat de métayage signé par ses grands-parents dans la dernière décennie du siècle, et qui ne représentaient jamais plus, quelles que fussent la dévaluation et les nouvelles séries émises par la Monnaie, qu'un billet accompagné de quelques pièces, qu'il avait coutume de confier, pour une livraison plus rapide, noués dans un morceau de chiffon, au conducteur de l'autocar.

Cristino était mort en même temps que sa concubine, vers 1955, dans des circonstances qui n'avaient jamais été élucidées. La dernière année de sa vie, il était devenu fou, pris d'une espèce d'horreur de l'air libre et des portes et fenêtres ouvertes dans cette maison complètement isolée qui comptait facilement une cinquantaine d'ouvertures. Il finit sa vie cloîtré dans une cuisine et une pièce annexe, toutes les autres portes et fenêtres grossièrement murées à l'aide de planches clouées. Seule Eugenia Fernández, la concubine, sortait de cette enceinte pour subvenir aux besoins élémentaires de leur survie, non sans avoir pris auparavant toutes les précautions imaginables : regards à travers les trous de serrure ou les jointures des planches, interminables attentes oreille tendue, mots de passe, exorcismes et représailles. Grâce à quelques confidences qu'elle fit aux rares personnes avec lesquelles elle avait gardé un contact pendant cette dernière période de sa vie, on finit par savoir que chaque matin, hiver comme été, qu'il fît beau ou mauvais, et en dépit de toutes les dispositions et de tous les efforts de Cristino, une certaine fenêtre de la maison était ouverte au lever du jour, une fenêtre qui, sans aucun doute possible, avait été dûment fermée la veille au soir. La maison était si grande, les fenêtres et ouvertures si nombreuses et si faible le nombre de gens qui l'habitaient — Cristino, Eugenia et ce singulier Yosen, enfermé dans une autre pièce où il étudiait nuit et jour les cartes géographiques de la région — que pendant longtemps personne ne remarqua le fait, dont l'évidence ne s'imposa que l'année précédant la disparition de l'un d'eux dans le maquis et la mort des deux autres. Ce fut la raison, ni secrète ni déguisée, qui poussa Cristino à fermer progressivement toute la maison pour s'y reclure de plus en plus. Le plus curieux, c'est que cette fenêtre ouverte appartenait à la partie toujours habitée de la demeure, que celles des pièces condamnées fussent ou non fermées. Cristino finit par perdre complètement le sommeil, mais il avait pris auparavant l'habitude de dormir sur une table de la cuisine poussée contre le mur sous la fenêtre, son corps étant lui-même devenu un des nombreux obstacles qu'il avait accumulés contre elle, pour être quand même réveillé tous les jours par le choc doux et terrifiant d'une pièce de bois que déplaçait le va-et-vient du battant mû par la brise de l'aurore.

Cristino et Eugenia furent trouvés morts — leurs corps encore chauds, avec les légères contusions et égratignures que provoque une courte lutte ou une faible chute — dans la cuisine de la maison des Mazón, la fenêtre complètement ouverte, un jour de printemps sous un soleil radieux. Eugenia était assise par terre, le dos contre le mur, face à la fenêtre, le visage crispé en une grimace d'horreur et d'incrédulité ; et tout près gisait Cristino, à plat ventre, les bras tendus comme si au dernier moment il avait voulu atteindre les pieds de sa compagne, comme s'il était entré en rampant par la fenêtre ; quand ils le retournèrent, ils eurent sans doute une dernière surprise : il était mort les yeux fermés et un sourire aux lèvres, un sourire placide qui laissait deviner l'évaporation d'une folie cédant la place à la joie causée par des desseins secrets et inavouables. Il n'y eut ni autopsie ni démarches particulières mais quelqu'un, pour son compte personnel et poussé seulement par la curiosité, fit ses propres recherches et parvint à la conclusion — dont il fit part notamment au docteur Sebastián — qu'en différents points de la maison, et sous la fenêtre de la cuisine du second étage en particulier, des signes évidents prouvaient que les murs avaient été escaladés à plusieurs reprises.

Lorsque Antonio retourna vivre là-bas — au début, avec un neveu à lui et sa femme, récemment mariés, qui ne restèrent pas longtemps —, il ne fit aucun cas de la légende de la fenêtre mystérieuse ; il décida au contraire de trouver le phénomène normal et de dépouiller l'histoire de tout son caractère sinistre ; c'est ainsi qu'il laissa toujours la fenêtre de la cuisine ouverte, en toute saison, par beau temps comme par mauvais temps, de nuit comme de jour.

C'est là que Tinacia avait décidé de se retirer pour mourir, quelles que fussent les résistances et les oppositions. C'est aussi un jour de printemps qu'ils se mirent en route tous les trois, dans le taxi d'Amaro fils. Le docteur ne manifestait guère d'enthousiasme et, quand ils arrivèrent à la maison, son premier regard fut, instinctivement, pour cette fenêtre de la cuisine du second étage avec un battant ouvert.

Avant que Tinacia ne sortît de la voiture, le docteur lui tendit la main en disant :

« Il est encore temps, Tinacia, réfléchis bien. »

Elle prit appui à la fois sur son bras tendu et sur sa canne à embout de caoutchouc. En mettant le pied par terre, la canne agitée par une main tremblante mais énergique, elle lui répondit :

« Je n'ai plus le temps de rien, Daniel, tu n'as pas encore compris ? Allez, on va à la maison, on va voir ce qu'a fait cet homme. »

Amaro fils effectua le déménagement en trois voyages. A la porte de la maison, elle quitta le bras du docteur et prit celui d'Antonio, qui remit sa casquette et la fit passer dans le vestibule, d'où émanait un fort relent de vieilleries.

« Où dors-tu, toi ? demanda Tinacia.

— Dans la partie de derrière, comme d'habitude.

— Tu es tout seul ?

— En ce moment, non, Madame.

— Très bien, Antonio, très bien. Aide-moi à monter l'escalier. Tu as préparé ma chambre comme je t'ai dit ?

— Tout est prêt, Madame. Je ne sais pas si ce sera à votre goût. Si cela ne vous plaît pas, vous n'aurez qu'à me le dire. »

Le premier étage était en ordre ; il manquait un ou deux carreaux, qu'on avait remplacés par un carton ou des planches, et aucun meuble n'était à la verticale par suite de la courbure des sols, mais le peu qu'il y avait était à sa place. Certaines cloisons montraient des lézardes qui entamaient leur épaisseur et toutes étaient écaillées. Il restait très peu de mobilier, presque tout entier concentré dans la chambre de Tinacia et dans le salon du rez-de-chaussée. Les pièces qu'avaient occupées Cristino et Eugenia Fernández étaient depuis lors complètement fermées, la porte bloquée par deux cadenas. Il n'y avait aucune lampe, mais à chaque douille pendait une ampoule. Sur le sol d'une pièce entièrement nue reposait un tas de laine récemment cardée.

« Je vous ai préparé un petit repas », dit Antonio. Tinacia l'invita à le partager avec eux, mais il s'excusa en disant qu'il avait déjà déjeuné. Ils s'assirent tous les quatre, y compris Amaro fils, et Antonio leur servit des truites, du fromage et des fruits. Les assiettes et les couverts étaient tous dépareillés ; certains étaient en argent, un argent qui jaunissait dans le fond des cuillers et sur le manche des fourchettes. Tous les couteaux étaient ébréchés. Tinacia et le docteur ne mangèrent presque rien, mais les deux autres ne laissèrent pas une truite dans le plat, une pièce de porcelaine française avec un dessin bucolique.

« C'est toujours l'eau la meilleure du pays, dit Tinacia ; et la plus fraîche. »

Le docteur prit un morceau de fromage pour se servir un autre verre de vin.

« Bon, qu'est-ce que vous avez à dire sur ma maison et sur ma cuisine ?

— Une truite excellente », dit Fayón.

Amaro fils se retira, un cure-dent dans la bouche.

« Bon, Daniel, j'étais aussi folle que ça de vouloir venir ici ? Dis, ça te paraît vraiment fou ?

— Je ne sais pas, mais je crois que oui, répliqua le docteur, je crois que c'est une bêtise monumentale ; qu'est-ce que tu vas faire ici, seule toute la journée ?

— Pareil que toi. Qu'est-ce que tu fais, toi, seul toute la journée ?

— Ce que je fais ? Je le sais très bien. Je ne le dis à personne, même pas à moi-même, mais je le sais très bien.

— Et tu ne peux pas le dire ? demanda Fayón.

— Si, dit le docteur, en levant son verre de vin et en clignant de l'œil pour contempler les deux doigts de rouge.

— C'est quoi ?

— Ah, le quoi. Il n'y a pas de quoi qui vaille. Pour moi il n'y a plus de quoi. Je suis sûr qu'au fond la seule chose que je fais, c'est de me lamenter d'être seul toute la journée. Et je ne veux pas faire autre chose parce que, si je le fais, cela voudra dire que je veux quelque chose. Et pour moi il n'y a plus de quoi. Parce que le pire de la solitude, c'est qu'elle supprime tout désir, y compris celui de la compagnie. Elle écrase tout ; c'est une dalle funèbre qu'aucune jouissance ne peut soulever, elle ne te laisse même pas une minute de répit. Et non seulement elle écrase tout, mais elle abrège. Dans la solitude, il n'y a de temps pour rien. Elle est trop fidèle, la solitude, trop possessive et si perfide qu'elle ne te laisse même pas jouir d'elle ; elle réserve ça à ceux qui lui rendent visite de temps en temps, pas à ceux qui vivent avec elle en permanence. Si seulement je pouvais aimer la solitude », dit le docteur.

XV

« On dirait que notre capitaine commence à perdre patience », dit Olvera en s'asseyant à table et en coinçant sa serviette entre deux boutons de sa tunique.

Medina ne pouvait pas supporter ce « notre capitaine » qu'Olvera prodiguait en certaines occasions, surtout quand le cuisinier de garde apparaissait derrière la porte de l'office. Olvera avait essentiellement deux façons de s'adresser à lui. Il employait la première, sévère et nette, conforme au comportement réglementaire, dans toutes les conversations étrangères au service, et notamment à la fuite des deux conscrits. La seconde, où il utilisait fréquemment le « notre capitaine », lui permettait d'adopter un ton sardonique grâce auquel il soulignait une supériorité qui n'avait rien ou pas grand-chose à voir avec le grade et d'instaurer des rapports permanents plus tacites. Au début seulement, tout de suite après l'annonce de l'évasion et le commencement des opérations de recherche, le capitaine avait pu s'entretenir avec Olvera d'une manière franche et naturelle ; mais, au retour de sa première battue infructueuse dans la vallée à la poursuite des fugitifs, il avait retrouvé un Olvera nonchalant et énigmatique, qui n'avait plus abordé le sujet qu'en faisant usage du second style.

Le capitaine était également mortifié du fait qu'Olvera fût toujours informé non seulement de ce qui se passait dans le fort mais aussi de ce qu'il faisait au-dehors. Il ne parvenait pas à savoir par quel canal il l'apprenait ni quelles étaient ses sources. Son fameux « respect envers soi-même » l'empêchait d'enquêter parmi ses subordonnés à la recherche de confidences et de révélations, ne fût-ce que pour préserver sa noble attitude planant au-dessus de tous les commérages. Cet ensemble de circonstances venait s'ajouter au poids du commandement sans apporter aucune compensation ni aucun adoucissement à l'isolement particulier, si différent de la solitude, de celui qui, ne pouvant compter sur la moindre voix amie, se sait examiné sur toutes les coutures par un personnel nombreux, attentif à ses actes et avide de ses défaillances.

Deux jours après sa première visite, alors qu'il mûrissait, pour aller battre le maquis à la poursuite des fugitifs, un plan qui s'écartait de ce qui se pratique ordinairement en pareil cas, le capitaine retourna au bar Doria, bien qu'il ne disposât pour cela d'aucun prétexte valable et qu'il sût parfaitement qu'il ne pourrait rien tirer de la Tacón. Outre qu'il se proposait d'insister sur l'intérêt d'une reddition volontaire, il pensait communiquer à la Tacón, sans en avoir l'air, certains détails de son plan, mais altérés, au cas où elle aurait réussi à établir un contact quelconque avec Barceló, et l'amener par ce biais à mordre à l'hameçon. En réalité, Medina ne mettait pas le moindre espoir en son stratagème, mais il ne savait qu'inventer pour revoir la Chiqui, qui était ce qu'il désirait par-dessus tout.

La Tacón le devina. Pour de nombreuses raisons — mais surtout à cause de sa position par rapport à Barceló —, elle considérait que Medina était l'un des rares à pouvoir prétendre à la Chiqui, même sans payer ; si elle parvenait à les mettre ensemble, elle ferait d'une pierre deux coups : d'un côté, elle deviendrait créancière d'une dette considérable auprès de Medina, dette qui, si droit fût-il, ou peut-être à cause même de sa rectitude, ne pourrait manquer de payer de retour ses services d'entremetteuse, et, dans le pire des cas, elle aurait prise sur une personne susceptible d'attendre d'elle une grande faveur ; de l'autre, il n'était pas mauvais qu'un homme aussi strict que le capitaine parvînt, par l'affection ou le simple fait d'une liaison, à exercer un certain contrôle sur la Chiqui, auquel elle pourrait recourir au cas — non réalisé, seulement redouté et par là même mal dégagé encore des ombres qu'il projetait — où se produirait l'engagement direct qu'elle appréhendait entre elle et Barceló. Au fond, la Tacón raisonnait exactement comme les honnêtes femmes.

Ce qu'elle n'avait pas prévu, c'était la timidité de Medina. Elle les laissa seuls mais — selon ce que la Chiqui lui confia ensuite — il ne se passa rien, le capitaine ne lui toucha pas un cheveu ; tout le temps de cette entrevue très brève — car Medina ne tarda pas à se lever, tremblant comme un candidat à l'examen —, il dut le passer l'œil égaré, le cou agité de tics au-dessus du col de sa chemise et, quand la Chiqui indiqua d'un mouvement de tête la chambre à côté, il dut répondre par un « S'il vous plaît, mademoiselle, je vous en prie » dont la Chiqui n'avait aucune expérience personnelle, n'en ayant entendu parler que dans les récits de ses compagnes autour de la table, et toujours attribué à des maniaques, des dépravés et des vieillards.

La Tacón n'accorda pas d'importance à cet échec. Grande experte en sentiments appliqués, elle le considéra même au bout de quelques jours comme le signe d'un intérêt croissant du capitaine, lequel ne se contentait visiblement pas de la même chose que les autres et aspirait selon toute probabilité à un objectif qui, même s'il était difficile de faire des suppositions ou des pronostics précis, signifierait de toute façon pour elle une augmentation de tous les bénéfices escomptés de son investissement.

Le capitaine, malgré tout, l'informa de son intention de partir à la recherche de Barceló dans le maquis.

Elle était assise de nouveau dans le rocking-chair, les jambes croisées découvrant un genou et une partie de la cuisse, et elle s'aérait la gorge à l'aide d'un éventail de paille.

« Si vous le trouvez, commandant, vous me l'amenez tout droit ici. Je lui apprendrai mieux que vous tous ce que c'est que les bonnes manières. »

Quand il revint au fort, deux idées bouillonnaient dans la tête du capitaine, l'une plus fort que l'autre. Il consacra l'après-midi aux préparatifs de la marche qui, d'après ses calculs, devait durer presque une semaine. Il pensait confier le commandement du fort pendant son absence au sergent Mayoral, comme c'était la coutume, et décida de prendre avec lui trois hommes : le caporal Martí, qui méritait toute sa confiance — il avait servi comme volontaire, avait rempilé et, après avoir obtenu son premier galon doré, avait décidé d'entrer dans la carrière par la petite porte — et deux soldats, dont l'un très vif, excellent chasseur et connaissant bien le maquis. Quatre hommes armés, deux chevaux, quatre mules et quelques provisions, c'était tout ce qu'il fallait pour une battue dans la montagne de Región, jusqu'aux terres de Mantua et de l'Hurd.

« On dirait que notre capitaine commence à perdre patience, dit Olvera à l'heure du dîner. Les services doriens d'information vous ont fourni une piste intéressante, ou peut-être quelque chose de mieux qu'une piste ? »

Le capitaine encadra son regard dans son assiette de soupe et absorba deux cuillerées pour répondre comme s'il n'avait rien entendu.

« J'ai réfléchi à ce que vous m'avez dit. J'ai pensé qu'il ne serait pas mauvais de jeter un coup d'œil à cette montagne. Mais, d'après le peu que j'ai pu savoir, je ne crois pas, s'il est là-bas, qu'il reçoive de l'aide de l'extérieur. D'ailleurs, cela fait longtemps que je ne suis pas allé dans cette contrée, que l'on visite rarement. Et c'est une excursion qui en vaut la peine.

— Vos hommes sont du même avis, mon capitaine ?

— Mes hommes sont toujours de mon avis, mon colonel.

— Notre capitaine a de la chance, beaucoup de chance, dit le colonel en se rejetant un peu en arrière pour indiquer au cuisinier qu'il en avait terminé avec la soupe.

— Et qu'est-ce qu'on dit au Doria ? » Le colonel n'avait aucun scrupule à manifester son intérêt pour un sujet qui incommodait tant son compagnon de table.

« Je n'ai pas pu savoir grand-chose. J'en ai retiré

l'impression, répondit le capitaine, forçant le naturel de ses propos, que cette femme n'en sait pas plus que nous et qu'elle est la première à déplorer sa fuite. Et qu'elle se sentira plus tranquille le jour où on remettra la main dessus, si on y arrive.

— C'est normal, capitaine, c'est normal », dit le colonel, dans l'attente du second plat. Il ajouta :

« Vous ne croyez pas ? »

Le cuisinier servit une omelette aux fines herbes.

« Ce qu'il faut savoir, c'est si elle aussi va s'échapper. Si vous ne trouvez pas Barceló, capitaine, il faudra voir ce qui se passe avec le Doria ; ça m'étonnerait beaucoup qu'il reste où il est. Elles ne seraient pas en train de préparer le déménagement, par hasard ?

— Je ne sais pas, ça ne donne pas cette impression. Je n'avais jamais mis les pieds dans cet endroit jusqu'à avant-hier et je ne sais pas s'il a changé, mais rien n'indique qu'elles se disposent à lever le siège.

— Le siège de Barceló, vous l'avez dit. Notre capitaine progresse dans l'étude du cœur humain et commence à soupçonner que ce à quoi a échappé notre homme, c'est autant à cette femme qu'à ces murs. Je me trompe ? »

L'œil du capitaine tourna ; son omelette était à moitié terminée mais il continuait à appuyer sur le tranchant de sa fourchette et à l'agiter alors que le morceau était déjà coupé.

« Qu'est-ce qui vous fait supposer cela ? »

Le colonel en était arrivé là où il voulait et, pour souligner la fermeté de sa réponse, il fit une longue pause, après s'être légèrement écarté de la table dans l'attente du troisième plat.

« Ce qui pour vous, capitaine, et ne vous fâchez

pas si je vous le dis, est un problème presque insoluble, est pour la police un jeu d'enfant. Ou ils le neutralisent, ou ils le trouvent, en moins d'une semaine. Il leur suffira d'avoir l'œil sur cette femme, la Tacón, dont sans aucun doute ils savent tout. Et ça, lui aussi il le sait, capitaine, il le sait très bien. Ces gens-là ne perdent pas le nord. La Tacón, il s'en fout ; elle peut partir pour un bon moment ou même pour toute la vie. Sans compter que, bon, ce n'est pas la peine d'en parler, mais il se peut qu'elle n'ait plus tant de charmes et qu'il soit attiré par une chair plus fraîche. Ces hommes-là sont comme ça, capitaine, ils ne respectent rien. Ils ne se respectent même pas eux-mêmes. »

Le cuisinier apporta un plat de boulettes avec des pommes de terre que Medina repoussa. En revanche, le colonel se servit sans réticence.

« Ils ne se respectent même pas eux-mêmes », insista le colonel, remuant le couteau dans la plaie.

Le capitaine demanda un verre de lait, où il versa une cuillerée de sucre et qu'il remua pendant que le colonel épluchait une pomme, deux gestes dont le contraste condensait de nombreuses différences.

« Vous avez devant vous une tâche difficile », observa sentencieusement le colonel en découpant avec une complaisante lenteur toute la peau de la pomme en une seule bande qu'il laissa enroulée sur le bord de l'assiette. « Une tâche très difficile qui exige des sacrifices chaque jour, à chaque heure. Tout le contraire de ces types qui vont au plus facile ; avec des risques, mais au plus facile. La vie facile, l'argent facile, les femmes faciles.

— Ça ne me semble pas si facile », observa timidement le capitaine, et il avança les lèvres pour absorber les dernières gouttes de lait.

Le colonel poussa le prisme du cœur de la pomme au centre de son assiette, appuya les deux mains sur le bord de la table et, d'une double et légère poussée, recula de quelques centimètres, tout en faisant basculer la chaise sur ses pieds arrière.

« Je vous en prie, capitaine, ne me dites pas qu'un type comme celui-là mérite le moindre respect. »

Le capitaine dut se sentir un peu acculé.

« Je n'ai pas dit cela. J'ai seulement dit que sa vie ne me paraît pas du tout facile. Mais pas du tout.

— Ne parlons pas de cela », répondit le colonel, les yeux au plafond, attendant le café. « Il ne s'agit pas de cela. S'ils ont des problèmes, c'est parce qu'ils vont au plus facile ; rien n'est donné en ce bas monde. Il faut faire beaucoup de sacrifices dans la vie, vous êtes bien placé pour le savoir, capitaine. Sacrifices de tous ordres et qui exigent à tout moment une discipline qu'en aucun cas on ne peut négliger. En aucun cas. »

La pensée du capitaine s'égara, peut-être vers la Chiqui, la question de savoir si la Chiqui était compatible avec la discipline.

« Une seule faute et tout s'écroule. Peu importe où on la commet. C'est pour cela que dans le service on exige la même rigueur chez soi ou dans la rue qu'à la caserne. C'est pour cela que la vie privée doit être irréprochable, chose qu'ont oubliée certains de nos collègues qui eux aussi se sont laissés aller à la facilité. Ils ont fait le plus difficile et, maintenant qu'ils tiennent le bon bout, ils vont au plus facile. C'est à n'y rien comprendre. »

Le capitaine fit le geste de se lever, mais le colonel l'arrêta du regard.

« Attention, capitaine, attention.

— Je ne sais pas à quoi vous faites allusion, mon colonel. A quoi dois-je faire attention ? »

Le colonel termina son café, tendit la lèvre inférieure sur la supérieure, et accompagna son geste de petits signes affirmatifs et d'un regard qu'il voulait appuyé.

« Votre situation est très particulière et la vie ici très dure, pourquoi le nier ? Mais, justement pour cette raison, il faut être plus exigeant envers soi-même qu'en n'importe quelle autre circonstance. Parce que vous pouvez flancher très facilement, dans un moment de distraction. »

A cet instant, et pour la première fois, Medina sembla désirer que le colonel fût plus explicite, qu'il se risquât même à donner des noms.

« Flancher ? De quelle façon ? A quoi dois-je faire attention ?

— Vous le savez trop bien », dit le colonel, avec la satisfaction d'avoir donné dans le mille, grâce à son tir de grand angle, sans cesser d'être énigmatique.

XVI

Caldús était en train de faire la sieste quand le garçon de l'hôtel des Quatre-Nations frappa à sa porte afin de lui dire qu'un client voulait s'arranger avec lui pour un voyage qu'il pensait faire le lendemain. Caldús avait garé sa voiture devant l'entrée, une Seat 1400 de la première fournée de l'usine, qu'il avait achetée d'occasion et améliorée grâce à des housses bleues et quelques chromes ; c'était une période plutôt creuse ; seuls des conscrits lui avaient demandé de les emmener à San Mamud, et un civil, avec qui il avait dû marchander, avait eu recours à ses services pour conduire la famille de sa femme jusqu'à Macerta ; le reste, ç'avait été des trajets dans les environs.

Le client était un homme jeune, à l'accent asturien, petit et blond, qui portait casquette et gilet, et des chaussures très pointues. Il ne se perdit pas en explications. Il discuta le prix du voyage, aller et retour, jusqu'à la maison Zúñiga et l'heure du départ, le lendemain à trois heures de l'après-midi, devant l'hôtel, avec l'intention d'être de retour dans la soirée. C'était un type sec, qui observa la voiture avec une suffisance d'expert.

Lorsque Caldús arriva le lendemain, le client attendait, assis dans le vestibule entre des aspidistras luisants, fumant avec affectation, la cheville droite sur le genou gauche, étirant le pli de son pantalon avec deux doigts, soufflant sur les grains de poussière à ses poignets et à la pointe de ses chaussures.

Les instructions que le chauffeur de monsieur Peris avait reçues de son chef étaient comme toujours claires et formelles. Il devait aller jusqu'à Región avec la voiture ; la laisser là-bas — pas question de garage — et emprunter un taxi, un taxi qui fût bien connu, pour être à la maison Zúñiga le samedi entre quatre et cinq heures de l'après-midi et y prendre Luis Barceló et le blond. Monsieur Peris ignorait que Luis Barceló s'était enfui du fort en compagnie d'un autre garçon. Une fois à Región, il devait les déposer à l'adresse convenue et revenir à vide, pas question de voyages dans sa voiture ni de fiches d'hôtel. L'itinéraire fut parfaitement défini.

Ils arrivèrent à la maison Zúñiga à l'heure dite et là, comme d'habitude, personne n'apparut. A l'intérieur de la maison on entendait des voix, presque toutes féminines, interrompues de temps en temps par la protestation énergique mais vaine d'un homme.

Caldús laissa la voiture à l'ombre de l'orme, les portières ouvertes, et se disposa à attendre dans le vestibule. Le client — le chauffeur de monsieur Peris — passa son temps à étudier les mares au bord du Torce, sautant sur les pierres en prenant soin de ne pas salir ses souliers, en quête de poisson.

Vers huit heures, deux heures plus tard environ que ce qui avait été prévu, la cloche fut agitée avec violence et l'ombre d'une fille se glissa entre les haies et les arbres fruitiers en direction de l'embarcadère. Sur l'autre rive, Caldús distingua quatre personnes, une mule et un chien, un petit chien à poil long, comme un balai Océdar, qui émettait une série de trois brefs aboiements métalliques, pareils à un claquement de cisailles.

Caldús reconnut Amaro et s'approcha de la berge pour le saluer en levant le bras. Lorsque le canot aborda l'autre rive, le chien sauta en proue en agitant la queue sans cesser d'aboyer, mais il revint à terre sur un ordre d'Amaro et tourna autour de lui, sans cesser d'aboyer, pendant que le canot faisait le voyage de retour avec les trois autres hommes.

Caldús leva le bras et appela, et Amaro se retourna, mais seulement pour faire un vague geste de la main et reprendre son chemin en tirant sa mule dans la côte, suivi du chien qui se retournait tous les trois pas pour aboyer après le canot.

A peine eurent-ils sauté à terre que les trois hommes allèrent droit vers la voiture, sans s'arrêter sur l'aire ni même regarder la maison. Le chauffeur revint en courant mais, avant qu'il ne fût arrivé à l'auto, Luis Barceló s'était déjà assis à côté du conducteur et lui fit signe avec la tête de s'installer derrière.

Quand ils arrivèrent à Región, vers dix heures, il faisait déjà bien nuit ; avant de traverser le pont, Barceló donna l'ordre d'arrêter et descendit de voiture. Il ouvrit la porte arrière droite et ordonna d'un ton comminatoire :

« Vous deux, dehors », désignant le chauffeur et le petit.

Les deux autres, dans la maigre lumière de la ruelle du faubourg, ne bougèrent pas.

« J'ai dit : dehors. »

Caldús tourna la tête pour regarder. Barceló lui montra le pare-brise avec l'index.

« Toi, occupe-toi de tes affaires. »

Le premier à sortir fut le chauffeur ; il prit tout son temps.

« Allez, vieux, j'aime pas répéter. »

L'autre bougea. Au fond du siège brillait la bouche ouverte de Ventura. Comme il s'approchait de la portière, Barceló tira le petit par le bras, l'extirpa et, dans le même mouvement, s'installa sur le siège arrière. Il claqua la portière et ordonna à Caldús de démarrer.

Le lendemain matin, lorsque Caldús alla reprendre avec sa voiture son poste habituel sur la Plaza Mayor, devant la mairie, Amaro était déjà en tête de file. Il plaça sa voiture derrière celle d'Amaro, afficha sa plaque LIBRE et contempla le peu d'animation sur la place. Puis il s'approcha d'Amaro fils, assis au volant, la tête inclinée contre la portière ; il appuya les coudes sur la vitre ouverte et dit :

« Alors, tu prends un café ? J'ai vu ton père, hier.

— Mon père ? » demanda Amaro fils, surpris.

XVII

Le capitaine et ses hommes arrivèrent à la maison Zúñiga le mardi vers midi, juste une semaine après le petit. Ils laissèrent leurs montures à l'ombre de l'orme et les hommes se disposèrent à manger un morceau et à prendre un peu de repos au bord de la rivière, où se trempa tout de suite le caporal Martí ; ils ouvrirent des boîtes de sardines et de thon et se firent des sandwichs, chacun avec son pain de munition.

Le capitaine entra dans le vestibule ; d'une pièce du haut, séparée de là par des vides, des cloisons, des escaliers et des rideaux de toile, parvenait l'écho assourdi d'une conversation de femmes, mots que la distance convertissait en agitation d'élytres, vols instantanés, nerveux, et chocs soudains contre une vitre.

Il appela, puis ressortit sur l'aire. Il fit le tour de la maison, sautant la haie du potager du fond ; les voix se rapprochaient aussi vite qu'elles s'évanouissaient, comme si l'ombre et le soleil étaient les instruments différents de leur propagation. Quand il revint sur l'aire par l'autre angle et qu'il passa à côté de l'orme, il remarqua les traces de pneus, assez nettes. Il n'avait pas plu depuis deux semaines ; elles pouvaient donc remonter à cette date. Les ornières indiquaient clairement une manœuvre giratoire autour de l'orme ; aucune voiture n'avait dépassé ce point, même si d'autres traces se perdaient dans le chemin du fleuve comme dans celui des coteaux.

Il n'y avait aucun homme dans la maison et les femmes ne savaient rien, ou ne surent pas le dire — par la cage d'escalier, seules se manifestèrent deux voix qui s'accordaient à grand-peine —, sinon que ces derniers jours il était passé par là les mêmes gens que d'habitude : deux ou trois voitures en direction de la montagne et les gens des mines pour traverser le fleuve.

Sans tenir compte des informations, mais se fiant à son instinct et aux marques de la voiture qui avait fait demi-tour, le capitaine décida de modifier le plan qu'il s'était tracé et, au lieu de suivre le chemin du fleuve jusqu'au cañon, il résolut de remonter un peu le courant pour continuer par la plaine jusqu'au bassin minier et, de là, longer les escarpements de l'Hurd pour atteindre El Salvador et Bocentellas en revenant à San Mamud.

Il était près de six heures du soir quand ils arrivèrent à la cité minière de La Cenicienta, à ce qu'il restait de la cité minière ; quatre pavillons en longueur — de plain-pied, une construction un peu bâclée, avec une toiture en Fibrociment à deux pentes et portes et fenêtres métalliques, aucune vitre intacte — qui, situés sur différents niveaux pour mettre à profit la déclivité, formaient un semblant de rue en pente, fermée par les latrines. Trois des baraques étaient abandonnées et dévastées ; ils avaient même emporté des cadres métalliques de porte et de fenêtre, et les murs de brique arboraient leurs incurables cicatrices, cousues de boulons et de poutrelles inamovibles. Quand le capitaine entra, un oiseau alla chercher refuge dans les cintres de bois en agitant furieusement ses ailes ; un carré de soleil encadrait sur le sol dallé des excréments, assez vieux déjà.

La quatrième baraque était toujours habitée ; avec quatre poteaux, un coup de marteau et quelques plaques de Fibrociment, ils s'étaient fabriqué une basse-cour où une demi-douzaine de poules étalaient leur stupide indifférence à l'entourage.

Le responsable de la baraque ne prit même pas la peine de saluer le capitaine en passant près de lui, un seau de charbon à la main. Si à son retour ce soir-là il était tombé sur le pape le bénissant depuis sa chaise gestatoire, il ne se serait pas plus soucié de tourner la tête vers lui. Il avait beaucoup vécu, cet homme. Beaucoup et mal. Il était vieux, à la retraite depuis des années, suite à un diagnostic de pneumoconiose au troisième degré. Ensuite il avait travaillé comme responsable des baraquements à La Cenicienta et quand, l'une après l'autre, y compris celle de silice, toutes les mines du petit bassin avaient fermé, il avait préféré rester dans ce coin perdu, certainement pas par attachement, mais par manque d'envie ou de ressort pour aller ailleurs.

Il n'était pas le seul. D'autres plus jeunes et plus robustes avaient également choisi de rester pour exercer une sorte de travail minier furtif, fouillant comme ils pouvaient les vieux fronts de taille à la recherche d'un légendaire filon d'argent qui, à mesure qu'il ruinait hommes et capitaux, maintenait toujours plus fraîche et vigoureuse sa légende. Ils subsistaient tant bien que mal ; parfois ils quittaient l'endroit pour un moment et allaient travailler dans les mines du haut Bierzo ou de la source du Sil, ou même dans les Asturies, moins pour se faire un peu d'argent ou changer provisoirement de vie que pour s'accorder une période de repos qui leur permettrait de retourner là-bas avec une nouvelle énergie à la recherche du filon d'argent. D'aucuns affirmaient qu'ils étaient plus d'une centaine, d'autres qu'ils ne dépassaient pas deux douzaines. En général, ils s'associaient par groupes de huit, dix ou douze et partageaient les frais, formant une sorte de coopérative — mais, souvent, payait qui pouvait, en échange de participations à venir. Ils réussissaient à attirer certains commerçants qui montaient jusque-là à date fixe avec leurs montures pour vendre — ou bien troquer contre une géode, un spécimen de pierre à inclusions métalliques, ou un serpent fossile — des fripes, des fausses montres, des babioles en plastique, des photos et des images saintes ou pornographiques. Il n'était pas rare que le grisou les surprît et emportât d'un seul coup quelques vies qui n'intéressaient personne. Ils ne laissaient ni veuve ni enfants, ils les avaient abandonnés depuis longtemps. Plus d'un avait été enterré vif et, quand un groupe se décidait à faire des recherches — tel était le terme qu'ils utilisaient pour parler de leur travail — sur un front de taille négligé pendant une longue période, il arrivait qu'il trouvât parmi les ruines des murs de soutènement, les décombres, les poteaux et les voûtes abattues, le cadavre d'un camarade, pas encore décomposé, qui avait décidé un jour de faire cavalier seul et dont la disparition était passée inaperçue.

Mais le type de la baraque n'était pas un de plus parmi les autres ; c'était la permanence, presque la couronne, de la même façon que La Cenicienta était la capitale. Il n'avait pas besoin de bouger, jamais il ne sortirait de là ; il avait souvent des locataires dans la baraque, mais il passait également beaucoup de journées seul. Il ne manquait pas d'articles de première nécessité et il ne refusait à personne un repas, même un poulet ; aussi recevait-il toujours des colis, qui lui parvenaient régulièrement.

Il s'assit sur le seuil de la porte et dit :

« Non, personne n'est passé par ici. Par ici personne n'a à passer, sauf les justes. Mais les justes n'ont pas à passer, puisqu'ils sont déjà ici. Le Seigneur l'a dit bien clairement, par la bouche d'un de ses princes, que le royaume de ce monde appartiendrait aux justes. Vous avez une bonne mine, prenez soin de vous. Personne ne peut dire, voici le Jourdain, je ne boirai pas de cette eau. Mais tout cela c'est la faute des circonstances ; les circonstances. Il ne devrait pas y en avoir parce qu'alors il n'y aurait ni pécheurs ni injustes. Vous me suivez ? Je comprends que pour vous ce soit difficile, un homme de si bonne mine. Et cet uniforme ? C'est ça, un uniforme ? Quel genre de vœux vous avez faits ? Moi je les ai tous faits, y compris celui du silence, parce que quand je parle, je parle tout seul, et c'est comme si je ne parlais à personne, et quand je parle avec les autres, c'est de choses sans importance. Des bêtises. Des fanfaronnades. Les Écritures. »

Le capitaine avait envoyé ses hommes inspecter une ferme des alentours et une autre entrée de mine, puis, comme ils tardaient, il décida de passer la nuit à La Cenicienta. Le type de la baraque s'occupa de tout ; quand il eut terminé — ce fut rapide —, il s'assit sur la première marche devant la porte et dit :

« Je hais les circonstances, elles ne devraient pas

exister. Et je pressens que la sagesse de notre peuple, qui est très grande, en viendra un jour à bout. Tôt ou tard, mais elle en viendra à bout, et alors... ah ! Je n'aimerais pas être dans la peau des simples d'esprit, parce que le royaume des cieux leur appartient à eux seuls. Le Seigneur l'a dit, par la bouche d'un de ses princes, n'attendez rien de Moi. Je n'ai rien à faire ici. Le Seigneur est puissant, mais notre peuple aussi. Notre peuple n'est pas seulement le plus puissant, il est aussi puissant que le Seigneur. Les circonstances font mal. Les Écritures le disent. Dans ma vie j'en ai rencontré de toutes sortes et je peux dire la même chose que pour les femmes. Attention ! La même chose que pour la nourriture. Prenez garde ! Notre peuple les dominera et ne les laissera pas triompher ; notre peuple est grand, très grand, et un jour il s'élèvera contre elles et alors... vous me suivez ? Vous êtes jeune et vous avez bonne mine. Attention ! Eh bien, croyez-moi, la seule chose dont il faille se soucier, c'est des apparences ; par conséquent, comme vous êtes jeune et que vous avez une bonne mine, ils tiendront compte de votre apparence ; Attention ! Que voulez-vous de plus ? Non, vous ne pouvez pas demander beaucoup plus. Tenez, j'ai vu de tout dans cette vie mais pendant un instant, un moment, pas plus, et ça c'est terrible. J'aurais voulu que ça dure plus longtemps ? Je ne sais pas ; au moment de l'explosion, j'ai vu sur les parois de la mine la reddition du général Pinto et sur la voûte j'ai contemplé souvent, mais très souvent, le naufrage de la "Reina Regente", sans parler de mille autres choses. Et alors, je me demande parfois, et alors ? Je connais la loi des nombres et je sais quel chiffre correspond à chaque instant, vous vous rendez compte si c'est important. Et alors ? Je vais aussi vous dire une chose qui va peut-être vous surprendre, parce que vous êtes jeune et que vous avez l'air en bonne santé. Je vais vous dire une chose : ne vous laissez pas mener à l'échec, arrivez-y par vos propres moyens. Et on peut dire que je l'ai répété ; en général, ce sont des hommes nobles mais, comme tous ceux qui vivent sous la terre, très têtus. Souvent je leur ai dit : Mais comment pouvez-vous échouer ainsi ? Vous échouez d'une façon stupide, sans grâce. Vous n'apprendrez jamais à échouer avec talent ? Moi non plus, les fois où je l'ai fait, je n'ai pas échoué très bien, je dois le reconnaître. J'ai eu trop de succès dans la vie, j'ai eu de la chance, je dois le reconnaître. Tant que je n'ai pas eu de grands échecs, j'ai eu des succès, non ? Mais la chance m'a toujours accompagné, je ne peux pas le nier. Une fois j'ai vu aussi, au cours du progrès, le festin de Balthazar et la main qui écrivit LIBERTÉ POUR CARLOS PRESTES, ou pour Haya de la Torre. C'étaient de grands amis à moi quand j'étais enfermé ; on a parlé de ça, ils n'avaient pas d'opinion. L'argent ? Je vais vous dire une chose parce que vous avez l'air jeune et en bonne santé. Attention ! Eh bien, je vais vous dire : ne vous préoccupez plus de l'argent. Les Écritures le disent. Alors, n'importe quoi plutôt que l'argent. L'argent ne sert-il pas à acheter n'importe quoi ? A quoi bon attendre, alors ? Quant aux femmes, attention ! Je ne connais pas leur façon de vivre ; elle doit ressembler à la nôtre, mais, attention, elles n'apprennent à aimer qu'après avoir aimé et elles ne connaissent qu'une fois qu'elles ont connu ; c'est-à-dire qu'elles n'ont pas beaucoup d'inspiration. Et ça, c'est grave. C'est pour ça qu'il est dit qu'on ne connaît le cœur que dans la guerre et dans le mal. Vous me suivez ? Je sais que ce sont des choses très difficiles et qu'il faut être très préparé. Je vais vous dire une chose : essayez de ne jamais être préparé. Si ça vous tombe dessus quand vous êtes préparé, c'est pire que tout, parce que, alors, ça tombe, mais bien, et vous croyez peut-être que ça ne va pas vous tomber dessus parce que vous êtes préparé ? Eh bien, pas du tout ; la seule différence, c'est que vous êtes préparé. C'est évident que la vie, c'est bien ; cela dit, ça pourrait être mieux ? Oui et non, par conséquent, terminé, la question est résolue, qui ose dire le contraire ? »

Il se leva brusquement, fit demi-tour et disparut pour aller se réfugier dans l'espèce de cagibi qu'il s'était arrangé, au fond de la baraque.

Le lendemain matin, le capitaine partit inspecter le contrefort méridional de l'Hurd, le barrage de San Juan, la grotte de la Mansura et la cabane de l'Indien. Il ne rencontra personne, pas même des bergers — si différents selon qu'ils viennent de la vallée ou de la montagne. Comme toujours, de la fumée sortait de la cheminée de l'Indien et, dans la cuisine, où les hommes s'attardèrent un bon moment, chauffait à feu lent une marmite de fer dont l'un d'eux souleva le couvercle pour humer la soupe et lui donner son approbation. L'Indien vivait seul et on savait qu'il ne se ferait jamais voir chez lui ; on disait de lui des choses très diverses ; on disait que c'était un habitant de Ferrellán que tout le monde connaissait mais que personne n'identifiait avec l'Indien parce qu'il l'avait voulu ainsi ; on disait qu'il avait tué son père et que depuis lors il expiait son crime par cette pénitence, que lui-même s'était imposée, de ne se laisser voir par aucun regard humain ; ou bien on disait au contraire que son père avait tué sa mère parce qu'elle avait eu un commerce charnel avec un porc dont était né l'Indien, qui ne pouvait, à cause de ses traits porcins, nier son ascendance et que cette honte héréditaire obligeait à se cacher de tous les regards ; on disait aussi que son père, après avoir commis le parricide, avait fui horrifié de chez lui — oubliant l'enfant, qui fut allaité par une truie noire, de race — pour se jeter dans les eaux du barrage de San Juan ; mais que l'eau du bassin était si chargée de gaz et de plancton — ou toute autre raison — qu'il ne put s'y enfoncer ; honteux, il décida de ne jamais en sortir, et, comme il ne savait pas nager, il rampait sur ces rives bourbeuses et en était arrivé à développer des mains et des pieds palmés. Les hommes étaient prêts à reprendre la marche lorsque le capitaine, le pied à l'étrier, entendit des bruits dans la maison et quelque chose qui ressemblait à une voix enrouée. Le capitaine dit :

« Attendez un moment. »

Les trois hommes obéirent. Dans la cuisine, rien n'avait bougé, même le feu ne s'était pas altéré. Le bruit se fit de nouveau entendre, puis deux appels de la voix. Le capitaine traversa un vestibule et localisa le bruit au fond d'un étroit couloir obscur, derrière une porte. Il parcourut le couloir, ouvrit la porte et dut se pousser de côté. Une truie noire sortit au petit trot, avec la détermination de quelqu'un qui connaît le chemin, pour aller brouter parmi les cistes et les yeuses qui poussaient autour de la cabane.

Dans l'après-midi du second jour de marche, ils arrivèrent chez Amaro ; ni lui ni l'ouvrier n'étaient là, ils ne trouvèrent que la femme de ce dernier, en compagnie de la gamine, occupée au lavoir. Quand elle les vit arriver, la gamine se mit les doigts des deux mains dans la bouche et leva les pieds à hauteur de la tête.

Le capitaine eut une hésitation, puis décida de demander à la femme, profitant de ce qu'elle était seule, ce qu'il avait pensé demander à Amaro. La femme lui répondit qu'elle n'avait vu personne dans les parages depuis longtemps. Les trois hommes du capitaine se mirent à détacher les culières et à descendre les paquets.

« Attendez un moment, dit le capitaine. Mieux vaut attendre le retour d'Amaro pour voir où on passera la nuit. »

Les hommes obtempérèrent et allèrent se reposer près de la meule.

S'il fut surpris, Amaro sut le dissimuler ; il était d'ailleurs peu bavard.

Il prépara le lit des hommes dans les combles et réserva au capitaine une chambre vide de la maison où il restait un divan. Il les invita à dîner — les restes du pot-au-feu —, ce qu'ils firent en silence, et à la fin du repas Amaro fit passer la boîte de Farias avec le mélange de tabac de coupes différentes, que le capitaine refusa, mais pas les quatre autres.

« Chef, demain il faudra...

— La ferme ! » coupa Amaro. Il proposa un verre de marc au capitaine mais celui-ci le refusa aussi. Il s'adressa aux autres :

« Et vous ? Emmène donc la gamine au lit et apporte la bouteille et des verres. »

Le caporal Martí regarda le capitaine, qui l'autorisa d'un geste. Les deux soldats refusèrent l'un et l'autre.

Quand ils furent seuls, face à face, le capitaine demanda :

« Amaro, sûr qu'ils ne sont pas passés par ici ? »

Amaro se disposait à rouler une seconde cigarette. Il avait à peine touché à son verre d'alcool.

« Il n'est passé personne par ici, capitaine.

— Tu es mieux placé que n'importe qui pour le savoir. Cette fois-ci, j'ai l'impression qu'ils ont pu aller de San Mamud à Zúñiga pendant que nous, on les cherchait par la rive. Mais dans tout le pays il n'y a pas six personnes qui savent aller de San Mamud à Zúñiga sans problèmes et sans demander à personne.

— Qui ça ?

— Toi.

— Personne ne m'a rien demandé, capitaine. » Amaro porta le verre à ses lèvres. « Cherchez ailleurs.

— Amaro, je n'aimerais pas du tout que tu sois en train de les couvrir. Mais pas du tout. »

Amaro étudiait le verre sans trop de conviction.

« Couvrir ? »

Le capitaine essaya d'atténuer le propos.

« Ou aider. »

Amaro leva le verre pour l'observer par en dessous.

« Aider ? Pourquoi ? Pour quoi faire ? »

Le capitaine réfléchit avant de répondre.

« Et s'il y avait de l'argent à gagner ? Cet homme-là peut en avoir.

— De l'argent ? » demanda Amaro avec aplomb. Il fit une grimace et vida son verre d'un seul coup. « Qu'est-ce que vous voulez que je fasse de l'argent ? »

Le capitaine resta sans réponse. Pendant un long moment il demeura silencieux, sans savoir que dire ni comment poursuivre. Il ne connaissait pas beaucoup Amaro, mais suffisamment pour comprendre qu'il était irréductible. Une sorte de fidélité à sa condition l'animait, qui en dernier ressort le préserverait toujours d'une faiblesse possible. Il n'acceptait plus de changements dans sa vie, auréolé désormais d'une sordide et laconique pérennité, plus proche du monde animal que de n'importe quel être humain. Il pouvait être impitoyable, non plus avec son propre avenir, mais envers cette composante dynamique du présent des autres, qui apparaissaient d'un côté et sortaient de l'autre pour ne plus jamais revenir, ou revenir transformés.

« La même chose que tout le monde, dit le capitaine sans la moindre conviction, uniquement pour amorcer la descente du vol de la conversation et l'amener à toucher terre.

— Ouais. »

Le capitaine tenta de comprendre sur-le-champ ce « ouais ». Ce « ouais » qui voulait dire : tout le monde ne vit pas ici, n'est pas veuf, n'est pas tout seul, n'a pas une fille idiote, n'a pas pris ses décisions une fois pour toutes, n'a pas perdu l'envie de partir..., n'est pas Amaro. La conversation était retombée.

Le capitaine se leva.

« Je ne sais pas si nous nous verrons demain, je pense partir très tôt. Merci pour le dîner et l'hospitalité, Amaro.

— Il n'y a pas de quoi, capitaine.

— En tout cas, dit le capitaine, s'ils se montrent par ici, fais attention. L'un d'eux est dangereux et l'autre très fort. Essaie de ne rien faire et avertis-moi le plus vite possible.

— Le plus vite possible ?

— Te voilà prévenu, Amaro. »

Lorsque le capitaine se leva aux premières lueurs

du jour, Amaro était déjà debout et nettoyait l'étable en compagnie de l'ouvrier.

Ils se dirigèrent vers les hameaux d'El Salvador, que le capitaine voulait inspecter. L'église était en ruine : la tour était décapitée, le chœur et une partie de la toiture enfoncés ; mise à sac pendant la guerre, elle conservait seulement le retable principal, du seizième siècle, un assez bel ouvrage — en bois de noyer, avec des taches blanches sur la tête des personnages — qui avait perdu sa polychromie et représentait des scènes de la vie et de la passion du Christ, ainsi qu'un autel baroque lourd et rustique voué à saint Martin. Une table en pierre artificielle avait remplacé le maître-autel et dessus clignotait une petite lampe à huile. La porte était ouverte et la contre-porte, doublée d'une plaque cloutée, fit grincer ses gonds comme s'il s'agissait d'un instrument de musique primitif ; dans la chapelle de saint Martin, sous une souriante effigie provenant de l'usine à bondieuseries d'Olot qui avait remplacé l'ancienne sculpture du saint, le prêtre était sur le point de consommer le sacrifice. Il n'y avait pas un seul paroissien, seulement un acolyte d'un certain âge agenouillé à la droite de l'officiant, qui l'observa avec étonnement.

Le curé se retourna et dit *Ite missa est*, et l'acolyte répliqua par un murmure incompréhensible — des formules de remplissage.

Le capitaine frappa à la porte de la sacristie ; l'acolyte avait replié la chasuble, qu'il s'apprêtait à ranger dans un tiroir, et le prêtre fit le signe de la croix devant le crucifix.

« Entre, mon fils, entre. »

Le prêtre, comme d'habitude, prit le capitaine par le bras et le ramena à l'église. Au presbytère, il se lança dans ses éternelles explications, les plaintes de tout prêtre à l'âme de restaurateur et les lamentations sur la grande pénurie qui l'empêchait de maintenir en état le bijou qu'il avait entre les mains. Sous le chœur se conservait un petit baptistère dont la grille était ouverte ; les fonts baptismaux étaient recouverts de deux planches de bois. Le père dit avec une emphase marquée :

« Voici les fonts baptismaux, ou machine à baptiser. Une pièce unique. »

A la porte de l'église, le prêtre abrita ses mains dans les manches de sa soutane. Le capitaine lui exposa les motifs de sa visite.

« Une brebis égarée du troupeau ? Un qui s'est écarté de la voie de Notre Seigneur ? »

Le capitaine recula.

« Ce n'est pas à moi de le dire, mon père, mais cela ne m'étonnerait pas. Le Seigneur n'éclaire pas tous les hommes de la même façon. »

Le prêtre sortit la main droite de sa manche et indiqua le sol de l'index.

« Mets-toi à genoux.

— Comment dites-vous, mon père ? demanda le capitaine.

— Je te dis de te mettre à genoux. »

Le capitaine regarda derrière lui. La petite place était déserte, ses hommes étaient au village, enquêtant dans les quatre maisons. Il s'agenouilla.

« Répète maintenant avec moi : Le Seigneur éclaire tous les hommes de la même façon.

— Le Seigneur éclaire tous les hommes de la même façon.

— Amen.

— Amen.

— Tu peux te relever. Maintenant dis-moi, quel

genre de gens cherches-tu ? Ils sont de la région ? ou s'agit-il de scélérats ?

— Ce sont deux conscrits qui faisaient leur service à San Mamud. Ils se sont échappés la semaine dernière et il est possible qu'ils essaient de s'enfuir par ici.

— Et, dis-moi, tu n'y es pour rien ?

— Je ne sais pas, mon père ; je me suis toujours limité à remplir mon devoir. Je ne crois pas que ce soit ma faute.

— Mets-toi à genoux.

— Encore, mon père ?

— A genoux, je te dis. »

Le capitaine mit de nouveau le genou gauche à terre, conservant le droit levé, et inclina la tête comme à la messe en plein air, au moment de l'élévation.

« Maintenant, répète avec moi : Seigneur, je ne suis pas exempt de toute faute.

— Seigneur, je ne suis pas exempt de toute faute.

— Amen.

— Amen.

— Tu peux te relever. Dis-moi, maintenant, qu'est-ce qui te fait penser qu'ils peuvent venir par ici ? Par ici il ne passe personne, tu dois le savoir. Et encore moins des gens qui cherchent à s'enfuir ; où veux-tu qu'ils s'enfuient par ici ?

— On a cherché partout sans aucun résultat. En dernier ressort, on a décidé de venir voir par ici.

— Il ne vous est pas venu à l'idée de prier saint Antoine, n'est-ce pas ? »

Le capitaine, après un regard furtif derrière lui, s'agenouilla de nouveau.

« Relève-toi, pourquoi te mets-tu à genoux ?

Relève-toi, je te dis. Est-ce que tu cacherais une faute, par hasard ? »

Le capitaine se releva et secoua la poussière de la jambe gauche de son pantalon. Le prêtre insista :

« Avoue, est-ce que tu caches une faute ? »

Le capitaine exhala un long soupir.

« Je ne sais pas, mon père, je vous assure que je ne sais pas. Mais, je vous en prie, ne m'obligez pas à me mettre à genoux une autre fois, ça suffit pour aujourd'hui.

— Il faut que tu te mettes à genoux une dernière fois, on ne peut pas en rester là. Tu comprends bien qu'on ne peut pas en rester là. Alors, mets-toi à genoux.

— C'est la dernière fois ?

— Je te promets que c'est la dernière fois. Je te le promets.

— C'est qu'on est pressés. C'est seulement que je suis pressé, mon père. Je dois être au fort samedi au plus tard, et il y a encore beaucoup de chemin.

— Mets-toi à genoux, fais ce que je te dis, mon fils.

— C'est la dernière fois ? Jurez-le-moi.

— Je te jure sur Dieu que c'est la dernière fois. Je te le promets, je te le jure. Allez, si tu es si pressé, finissons-en.

— Vous me jurez que c'est la dernière fois ?

— Mais oui, je te le jure. Je ne t'ai pas dit que je te le jurais ? »

Le capitaine s'agenouilla du genou gauche et enfonça le menton dans sa poitrine.

« Répète avec moi : Seigneur, pardonne mes fautes et illumine ma route.

— Seigneur, pardonne mes fautes et illumine ma route.

— Amen.

— Amen.

— Allons, tu peux te relever. Je te bénis au nom du Père, du Fils et du Saint-Esprit. Tu peux poursuivre ton chemin. »

Ce même jour ils continuèrent jusqu'à El Auge, un village abandonné que depuis longtemps ne fréquentaient plus les chats, où les lézards grimpés sur les tas de décombres calcinés tournaient la tête d'un côté et de l'autre comme le conquistador Cortés à Dairén, et qui, peut-être parce qu'il était en ruine, offrait les températures les plus élevées du pays ; les vestiges recelaient parfois une page de journal racontant les exploits de Barberán et Collar. D'El Auge ils poursuivirent vers les plaines de San Bruno et la maison des Mazón, où le capitaine arriva le jeudi à la tombée du soir et dans l'ignorance qu'elle était de nouveau habitée par un membre de la vieille famille.

Lorsque Tinacia sut de quoi il s'agissait, la première chose qu'elle fit fut de donner l'ordre à Antonio de prendre les dispositions nécessaires pour que la petite troupe pût passer la nuit. Avant de recevoir le capitaine au salon, elle s'arrangea les cheveux, se pomponna, s'appliqua sur le cou quelques gouttes d'une eau de Cologne parfumée et jeta un châle sur ses épaules.

« Entrez, entrez, vous êtes ici chez vous. » Elle fit un geste avec l'éventail noir, le dos tourné à la porte. « Entrez, je vous en prie ; asseyez-vous. Vous avez dit que vous vous appelez comment ? Vous savez, ici, nous avons très peu de visites.

— Capitaine Medina, pour vous servir. Carlos Teodoro Rodríguez Medina, du régiment du génie.

— Excusez-moi, mais je ne peux rien vous offrir.

Vous voyez comme nous vivons. Peut-être un verre de vin. Cela fait seulement quelques jours que je me suis installée ici et je ne pouvais pas imaginer que vous auriez la délicatesse de vous intéresser à ma nouvelle résidence. C'est très gentil de votre part et, si je l'avais su, je vous aurais préparé un accueil un peu plus digne. Mais peut-être préférez-vous remplir votre mission sans avertissement préalable, lieutenant.

— Capitaine. Capitaine Medina.

— Mon Dieu, ma pauvre tête. Medina, Medina... Vous êtes sans doute un parent d'Elvira, qu'est-elle devenue ? Cela fait des années que je ne l'ai pas vue, pas mal d'années. Avant, ils avaient l'habitude de venir tous les étés, mais depuis la mort de l'aîné des Gros ils n'ont plus voulu revenir par ici. Ce n'était pas seulement une question de mauvais souvenirs, c'était, je crois, beaucoup plus que cela. Celle avec qui je m'entendais le mieux, c'était Elvira ; elle était plus jeune que moi mais nous nous entendions très bien, comme des sœurs. L'aînée, très sympathique, toujours de bonne humeur, et tellement drôle, elle était un peu folle, mais, moi, celle avec qui je m'entendais bien, c'était Elvira. Margarita, c'était autre chose, une fille charmante. Ce qu'elle a pu en voir, cette pauvre fille ! Quand je me suis mariée, elle est venue passer quelque temps avec nous. Vous savez bien qu'à cette époque ce n'était pas comme maintenant : une jeune fille, ou elle trouvait un mari ou elle ne trouvait rien. Le mari ou les neveux, c'était tout. Cet homme-là lui en a fait voir de toutes les couleurs. Je n'ai jamais pu comprendre ce qui s'est passé ; c'était un garçon si normal, si bien élevé. Et tout d'un coup... Bon, son père était mort fou, mais fou à lier, pas comme ceux d'aujourd'hui ;

tellement fou, figurez-vous, qu'il s'était fourré dans la niche du chien, et pourtant c'était un vrai monsieur, je crois qu'il avait été sénateur ou quelque chose d'approchant. Je ne sais même pas s'il n'avait pas été ministre, mais je me trompe peut-être. Un vrai monsieur, d'aspect imposant ; et un jour ne voilà-t-il pas qu'il se fourre dans la niche du chien, il se met le collier, il s'attache avec la chaîne et il passe son temps à regarder passer les gens dans la rue. Non, il n'aboyait pas, ça c'était ce qu'auraient voulu les gens, mais il n'a jamais aboyé ; au contraire, il était même devenu plus affable et il parlait avec ses amis de tout et de rien, mais dans la niche du chien, le chapeau sur la tête et constamment en train de regarder sa montre. Ç'a été très difficile de le sortir de là, vous imaginez ; il a fallu appeler des menuisiers pour démonter le toit et les quatre murs, sans qu'il oppose de résistance, pas plus de résistance qu'un chien, et ensuite ils l'ont emporté en vitesse et ils l'ont fourré dans la camisole, bien que jamais, que l'on sache, il ne se soit livré à des actes de violence. C'est à ce moment-là que le fils s'est effondré, écrasé par la responsabilité de la maison et la honte d'avoir un père fou. Sa sœur était mariée avec — comment s'appelait ce jeune homme, mais si, qui est arrivé un jour en motocyclette, vous vous rendez compte, en motocyclette à cette époque, la première qu'on ait vue à Región, comment s'appelait-il ?... Bon, ça me reviendra. Les deux faisaient la cour à la même fille et, comme c'étaient de grands amis et qu'ils ne voulaient pas de disputes entre eux, ils résolurent de faire une compétition qui désignerait l'unique candidat. Une compétition cycliste au cours de laquelle les deux coureurs, deux hommes tout à fait comme il faut par ailleurs, avaient décidé de suspendre les règles d'urbanité tant qu'ils seraient sur leurs bicyclettes, et d'essayer par tous les moyens, y compris les procédés les plus malhonnêtes, d'enfoncer l'adversaire. Ils se donnaient des coups de pied, ils se frappaient, ils répandaient de l'huile, ils se crevaient les pneus, mais aucun d'eux ne réussit à l'emporter définitivement. L'arrivée était dans notre jardin et, comme ils passèrent tout leur été à courir à bicyclette, la fille se décida à prendre un fiancé, mais qui ne finit pas non plus en mari, je ne sais plus pourquoi... Arellano, c'est ça, Arellano, maintenant ça me revient. Non, il n'avait pas beaucoup d'argent, mais c'était un homme bien élevé et il avait une conversation agréable. Quand l'aîné des Gros est mort, il a décidé qu'il fallait aider la famille et il s'est placé chez eux comme administrateur, domestique, précepteur des petites, enfin tout, et il a relevé la maison, je pense bien qu'il l'a relevée, sans qu'on puisse dire sur lui la moindre chose. Et à ce moment-là Elvira a décidé que ce n'était pas possible et figurez-vous qu'elle n'est jamais revenue par ici.

— A propos, interrompit le capitaine, vous n'auriez pas vu par ici... ?

— Maintenant que vous le dites, je crois que si, elle est revenue. Vous me faites douter mais je suis prête à dire que si, ils sont revenus ; je pense bien qu'ils sont revenus, tous les ans. Mais ce n'était pas la même chose, je ne sais pas si vous comprenez. Nous étions presque toutes mariées et celle qui ne l'était pas, qu'est-ce que vous voulez que je vous dise, elle devait accepter les circonstances. De notre temps, la femme devait accepter les circonstances, quelles qu'elles soient.

— Les circonstances, hein ?

— Et comment ! Ce sont toujours les circonstances qui commandent. Vous pourrez bien être le meilleur fils du monde, si les circonstances vous y obligent, vous ne pourrez pas faire autrement que de tuer votre mère. Je ne dis pas qu'il a tué sa mère, je ne l'ai jamais dit, mais, enfin, disons qu'il l'a laissée mourir. Sa mère, il fallait la connaître, une femme qui n'avait pas froid aux yeux, elle lui a dit : "Je t'assure, Miguel, que si tu continues avec cette femme, avant les fêtes de fin d'année je serai morte." Elle a tenu parole, et comment ! La plus grande partie du cortège a même été obligée de revenir en courant du cimetière pour arriver à temps au bal du casino. Il est sûr que la tragédie s'est acharnée sur cette famille. Quand l'aîné des Gros est mort, on a même dit : Ça suffit, quoi encore ? que la maison prenne feu et que les petites se carbonisent ? Trois petites filles angéliques, vous avez certainement dû les connaître, mais je crois que la tragédie se lisait dans leurs yeux. Et puis la guerre a été terrible, terrible. Trois merveilles, trois anges du ciel, et regardez comment elles ont fini.

— Comment ont-elles fini ? demanda le capitaine.

— Eh bien, mal, très mal. Comment voulez-vous qu'elles finissent ? La plus jeune — je crois que c'était la plus belle, avec des yeux verts qui faisaient peur à regarder — a eu une liaison avant la guerre avec un monsieur distingué plein d'argent — il était marié, naturellement — et, bon, vous imaginez la suite. A propos, Elvira m'a dit une fois, et ça, vous devez le savoir mieux que personne, qu'elle avait eu quelque chose à voir avec sa mort, parce qu'elle est apparue en France avec une mallette pleine de bijoux que la veuve a réclamés après la guerre. Elle est venue par ici...

— A propos, interrompit le capitaine, vous n'auriez pas vu passer par ici deux jeunes gens dernièrement ?

— Deux jeunes gens ? Dernièrement ? demanda Tinacia. Si, bien sûr qu'ils sont passés, évidemment qu'ils sont passés. »

Le capitaine se leva.

« Vous avez vu deux hommes par ici ces jours derniers ?

— Oh, quelle question stupide ! » dit Tinacia.

Le capitaine se rassit.

« Excusez-moi, ce que je voulais dire, c'est si vous aviez vu passer deux jeunes gens.

— Ah, quelle question ! Les jeunes ne font que passer et passer. C'est précisément ce qu'ils font, presque la seule chose qu'ils font : passer. Vous avez déjà vu des jeunes rester ?

— Oui, bien sûr, mais je veux dire : ces jours derniers.

— Ces jours derniers ? Qu'est-ce que vous voulez dire exactement par jours derniers ?

— Je veux dire une semaine, à peu près.

— Ah, c'était ça ? une semaine ? Vous parliez de ça ? Vous auriez pu commencer par là. Oui, oui... la semaine dernière aussi ils sont passés... les jeunes gens, je dis les jeunes parce que, en réalité, je ne sais pas ce qu'ils sont, jeunes, mûrs ou vieux. Mais s'ils sont passés ? Je pense bien qu'ils sont passés ! Ils n'ont pas fait autre chose que passer. Tenez, lieutenant...

— Capitaine.

— Excusez-moi, capitaine, il faut que vous m'excusiez, ma tête n'est plus ce qu'elle était. Tenez, capitaine, ils sont passés tant de fois, mais tant de fois, que s'ils n'étaient pas passés je ne sais pas ce qu'il serait arrivé. »

Le capitaine se sentit mal à l'aise, il avait envie de sortir prendre le frais, accablé qu'il était par l'idée de devoir entretenir la conversation et de passer la nuit dans cette maison.

« Cette nuit même.

— Comment dites-vous ?

— Cette nuit même ils sont passés par ici.

— Deux hommes ? Un des deux était mince, avec de longs cheveux, et l'autre grand et fort ?

— Je ne sais pas combien ils étaient. Comment voulez-vous que je le sache ? La seule chose qu'ils veulent, c'est passer, passer un moment dans la maison au petit matin, à la fraîche. Cela doit être très dur de rester toute la journée dans les intempéries et la seule chose qu'ils veulent, c'est rester un moment, un petit moment, sous un toit, même s'il n'y a pas de feu. Ils ne peuvent pas supporter que la maison soit fermée, c'est pour ça qu'on leur laisse toujours une porte ou une fenêtre ouverte. C'est beaucoup mieux parce que de cette façon ils ne se donnent pas de mal et ils n'ont pas non plus à forcer. Je crois que oui, que le dernier avait de beaux cheveux longs. Un peu à l'ancienne, n'est-ce pas, capitaine ?

— Et ils sont partis, non ?

— On ne peut jamais dire qu'ils s'en vont tout à fait, capitaine ; ils s'en vont mais pas tout à fait. Vous le savez mieux que personne. »

Antonio apparut, encadré par la porte, et Tinacia devina sa présence.

« Qu'y a-t-il, Antonio, qu'y a-t-il ?

— Le dîner.

— Entre, ne reste pas là. »

Antonio fit deux pas, timidement, les bras ballants.

« Antonio, le capitaine aimerait savoir quelques détails sur les gens qui passent par ici. »

Antonio tourna lentement la tête, comme s'il poursuivait une mouche du regard, s'avança vers le capitaine, se pencha vers lui et plaça son visage à quelques centimètres du sien.

« Pour quoi faire ? »

Le capitaine s'appuya contre le dossier, sans savoir que dire.

« Antonio, il s'agit seulement de détails, pas de leur vie. »

L'œil du capitaine tourna.

« Ah, bon ; des détails, dit Antonio en se reculant légèrement.

— Nous passons à table, capitaine ? Qu'en dites-vous ? » demanda Tinacia.

Antonio croisa les mains et se les frotta d'un geste quelque peu ecclésiastique.

« Et quel genre de détails ? demanda-t-il. Des détails physiques ou des détails personnels ? Ou, au contraire, des détails du genre que vous et moi connaissons très bien... »

Le capitaine n'osa pas se lever de sa chaise et interrogea Tinacia des yeux, en quête d'une aide.

« Antonio, il y a certaines choses dont le lieutenant, pardon, le capitaine, n'est pas au courant. Il vaut mieux que nous en parlions pendant le dîner », dit Tinacia en appuyant les deux mains sur les bras du fauteuil et en se levant avec énergie.

Le capitaine, inventant un prétexte, demanda à Tinacia la permission de s'occuper de ses hommes avant le dîner. Il voulait seulement prendre l'air. Il ne faisait pas encore nuit noire, une légère brise s'était levée et les ormeaux voisins crépitaient comme une lente friture continue. Au fond de la cour, une lumière clignota.

« Martí !

— A vos ordres, mon capitaine. »

Le capitaine ferma les yeux, peut-être pour accueillir un soulagement que quelque chose l'empêchait de reconnaître. Le caporal s'approcha.

« Tout est en ordre, Martí ?

— Tout est en ordre, mon capitaine.

— On vous a donné à dîner ?

— A dîner ? Ce paysan nous a apporté une soupe, mon capitaine. Un peu de soupe chaude.

— Qu'est-ce que vous êtes en train de faire ?

— Rien, mon capitaine. De Blas dort déjà. On était en train de bavarder un peu.

— S'il se passe quelque chose, Martí, préviens-moi aussitôt. Si tu remarques quelque chose de bizarre, tu réveilles tes camarades et tu me préviens. »

Le caporal-chef Martí détourna le regard. Le capitaine fit volte-face et reconnut la silhouette d'Antonio, découpée dans l'encadrement éclairé de la porte, les bras ballants.

« J'assure la permanence, capitaine ? »

La silhouette demeurait immobile, comme une illustration dans un livre d'histoires.

« Non, ce n'est pas nécessaire, Martí, dit le capitaine. Ce n'est pas nécessaire. Bonne nuit. »

Le dîner consista en une assiette de soupe chaude, accompagnée de quelques morceaux indéfinissables et filandreux de viande et de morue, d'un bout de pain et d'un verre de vin. Quand Antonio eut retiré la soupière et les assiettes, Tinacia, se séchant les lèvres avec le bord de sa serviette, dit :

« Capitaine, Antonio, vous savez bien. »

Le capitaine Medina ne répondit pas ; il la regarda, la bouche entrouverte.

« Ce que je veux dire, c'est qu'Antonio et moi nous ne sommes pas toujours là. Nous sommes là et nous ne sommes pas là. »

Antonio réapparut avec deux verres de lait ; c'était du lait trait dans l'après-midi, qui n'avait pas été bouilli. Le verre du capitaine était sale.

« N'est-ce pas, Antonio ? Je dis au capitaine, au lieutenant, pardon, que parfois, même si on donne l'impression d'être là, en réalité on est très loin d'ici, n'est-ce pas, Antonio ? »

Antonio se mit debout derrière le capitaine, attendant qu'il bût le lait pour retirer le verre. Le capitaine, sans oser le regarder, posa les yeux sur le verre.

« Vous le préférez avec un peu de sucre, capitaine ? »

Le capitaine se mordit les lèvres et, essayant de dissimuler son geste, enfonça les ongles dans le châssis de sa chaise et poussa un profond et presque involontaire soupir.

« Non, merci beaucoup, c'est bien comme ça. »

Avec une résolution infantile, il avala son verre de lait d'un trait et marmonna de nouveau quelques excuses indistinctes pour quitter la table et sortir à l'air libre. La lumière s'était éteinte. Le capitaine vomit tout le dîner — un liquide qui lui laissa en sortant une saveur beaucoup plus forte et plus aigre qu'en entrant — et lorsque, haletant, la main appuyée sur l'estomac, il parvint à apaiser ses nausées et à sécher ses yeux, la silhouette d'Antonio se découpait une nouvelle fois dans l'encadrement de la porte, les bras ballants.

Le capitaine se vit assigner une chambre presque vide de l'étage du haut, dans une aile inoccupée : le sol et le plafond étaient bombés et les murs nus. La fenêtre était ouverte. Cette nuit-là se déchaîna un bref orage sec et, quelques heures après s'être endormi, le capitaine fut réveillé par le choc insistant de la fenêtre contre son cadre. Il se leva pour la fermer mais à peine se fut-il recouché que le choc l'obligea à se relever. Pourtant la fenêtre était bien fermée. Il sortit de la chambre ; l'escalier résonnait comme une conque ; en face, une fenêtre ouverte et une porte entrebâillée, au-delà du palier, dissimulaient leur faute sous diverses attitudes immobiles pour insinuer, dans une pénombre plus sibylline qu'inanimée : « Devine qui t'a joué ce tour. » Le capitaine ferma les yeux et revint à sa chambre, mais le claquement — ni proche ni lointain — d'une fenêtre contre son cadre l'empêcha de se remettre au lit. Il parcourut de nouveau le couloir, et passa de l'autre côté du palier pour ouvrir la porte qu'il avait fermée et qui conduisait à un autre corridor, à peine éclairé par l'ampoule de l'escalier. Il avança à tâtons le long du mur et ouvrit deux autres portes ; c'étaient des pièces vides, jonchées de résidus ; les fenêtres étaient ouvertes ; le capitaine les ferma, non sans rencontrer une certaine résistance. Une troisième porte était fermée par deux cadenas ; le capitaine y appliqua l'oreille, mais ne put rien entendre de l'autre côté. Il retourna à son lit pour attendre, résigné et la lumière allumée, le nouveau choc de la fenêtre qui ne tarda pas à se produire, chaque fois plus proche, maintenant presque à la tête du lit. Le capitaine vérifia l'état de son pistolet posé sur le marbre de la table de nuit et décida de rester éveillé. Il crut entendre des voix feutrées, au-delà des cloisons, et même certains rires assourdis. Puis il éteignit la lumière et, avec la clarté de l'aurore, il se releva et ouvrit la fenêtre ; la matinée menaçait d'être de plomb, sans un souffle, sans un nuage. Il s'assoupit pour se réveiller avec toute la violence du soleil sur le sol dallé, coup de heurtoir à sa lenteur et à sa faiblesse.

Le quatrième jour de marche — un vendredi —, la troupe abandonna encore une fois la vallée pour prendre le chemin de Mantua et, par les escarpements et les flancs de la montagne, sans jamais dépasser les limites de la Propiedad, atteindre les plaines du Burgo Mediano puis, de là, la route de Bocentellas. Le capitaine indiqua l'itinéraire et laissa au caporal Martí le soin de le tracer. Il ne descendit de son cheval — qui s'appelait Obligar — que pour manger un morceau et boire un coup ; il s'était finalement convaincu que ses recherches étaient infructueuses et, la tête confuse et le corps pesant, il n'avait qu'un désir, arriver à San Mamud pour prendre un peu de repos.

Quand il passa devant la clinique, le capitaine leva la main ; il dormait presque. Au bout de quelques pas, il s'arrêta, mit pied à terre, donna des instructions au caporal Martí et traversa la chaussée, tout en ôtant sa casquette et en se lissant les cheveux, pour saluer le docteur. L'autre, il ne le connaissait pas.

« Bonjour, docteur.

— Bonjour, capitaine. Vous avez l'air fatigué. »

Le capitaine posa sa botte sur la plinthe de la grille. L'autre — Fayón — le regardait avec méfiance. Le docteur le présenta comme un vieil ami à lui ; Medina et Fayón se saluèrent, gardant leurs distances.

« Docteur, demanda le capitaine en cherchant ses mots, docteur, c'est si normal d'être fou ?

— Le capitaine, dit le docteur en s'adressant à Fayón, qui acquiesça avec courtoisie, est un homme de mérite. Un homme décidé à mettre de l'ordre dans ce pays.

— C'est toujours ce qu'ils ont fait, non ? » dit Fayón.

Le capitaine lui adressa un regard peu amical.

« Docteur, je ne comprends rien, dit le capitaine en contemplant la pointe de sa botte sur la plinthe.

— Ce n'est pas un mauvais signe, dit le docteur.

— Pas un bon non plus, dit Fayón.

— Pas un bon non plus, répéta le capitaine, sans conviction. Mais c'est normal d'être fou ?

— Avant, ça l'était. Maintenant, ça l'est de moins en moins. Même la folie disparaît, capitaine, dans ce pays en voie de développement. Bientôt ils ne nous laisseront même pas la folie ; ils nous enlèvent ce qu'il y a de plus privé. L'État prendra tout en charge, même la folie.

— Je viens de la maison Zúñiga, par La Cenicienta, El Salvador et Burgo Mediano. Quatre jours à chercher deux déserteurs qui se sont enfuis de San Mamud et je n'ai trouvé que vingt malades qui se sont échappés de l'asile. Docteur, c'est normal d'être fou ? Quel est ce genre de piège ? Où est la sortie ?

— Pour ce grand capitaine enchaîné par la mort », dit le docteur.

Le capitaine regarda le docteur, quelque peu surpris.

« Cette pierre est un front où gémissent les rêves », dit Fayón.

Le capitaine regarda Fayón et retira son pied de la plinthe.

« Cette pierre est un dos qui supporte le temps », dit le docteur.

Le capitaine regarda le docteur. Il essaya de dire quelque chose.

« Docteur...

— C'est là que je veux voir les hommes à voix dure, dit Fayón.

— C'est là que je voudrais les voir. Devant la pierre », dit le docteur.

L'œil du capitaine s'égara ; il se retourna pour vérifier que ses hommes — et les chevaux — étaient toujours là, de l'autre côté de la chaussée. Le capitaine était timide ; bien élevé et timide. Il amorça une retraite avec des formules toutes faites et fit quelques pas en arrière.

« Tout est fini. La pluie pénètre dans sa bouche », dit Fayón avant qu'il ne fît demi-tour.

La nuit était déjà tombée lorsqu'ils arrivèrent au croisement de la route avec le chemin de San Mamud. Le capitaine était en tête de la colonne, le torse voûté, mais une lumière à l'entrée du Doria et une musique sucrée et nette — une chanson qui avait été en vogue des années auparavant et que le temps, la distance et la désolation nocturne avaient dépouillée de toute concomitance avec la mode — l'obligèrent à se redresser et à s'arrêter. Il descendit d'Obligar, donna quelques instructions superflues au caporal Martí, attacha le cheval à l'orme et se dirigea vers le bar pendant que ses hommes continuaient en direction du fort.

Au Doria, il s'attarda un bon moment, beaucoup plus longtemps que ne l'exigeait l'inspection par laquelle il avait justifié sa visite devant ses hommes. Il arriva au fort à une heure déjà avancée du petit matin. Cette fois, la voix l'arrêta au pied de la barbacane :

« Capitaine Medina ! »

Obligar stoppa net, et baissa l'encolure jusqu'à toucher le pavement. Le capitaine ne reconnut pas la voix mais eut un soupçon.

« Capitaine Medina ! Ce ne sont pas des heures pour rentrer chez soi.

— Qui est là ? » cria le capitaine.

Beaucoup plus faibles parvinrent du grand portail du fort la sommation de la sentinelle de garde et une vague rumeur de pas.

Avant de se diriger vers sa chambre, le capitaine parcourut tout le corridor, pour jeter un coup d'œil sur l'autre couloir qui partait de celui-ci à angle droit et au fond duquel se trouvait la chambre d'Olvera. Il y avait sous la porte un rai de lumière et le capitaine s'approcha sur la pointe des pieds ; ne percevant aucune animation, il appela deux fois.

« Entrez ! »

Olvera lisait à la lumière d'une lampe de bureau, en babouches, pantalon et veste de pyjama, d'où dépassaient les poils blancs de sa poitrine. Il déposa son livre sur le guéridon, ôta ses lunettes et en mit d'autres. Le capitaine regretta immédiatement sa démarche et décida de ne pas faire allusion à l'appel venu de la barbacane.

« Enfin notre capitaine est de retour, dit Olvera dans son second style délibéré. Alors ?

— Rien, mon colonel, rien. Aucune trace.

— Rien, mon capitaine ? Vous êtes bien sûr ? »

L'œil du capitaine ne tourna pas mais son visage

s'empourpra. Quand il ferma la porte, il dut avoir le pressentiment que la confusion qu'il attribuait à la fatigue ne pourrait être balayée par un repos pourtant bien mérité.

XVIII

Le taxi s'arrêta à la porte de l'ancienne clinique et un homme voûté, un chapeau de paille enfoncé jusqu'aux sourcils, passa la grille, gravit l'escalier en deux enjambées et, après avoir sonné, frappa à la porte. Ne recevant pas de réponse, il redescendit l'escalier et agita la cloche de la grille, qui n'émit pas le moindre son.

De son siège, le chauffeur de taxi lui conseilla :

« Frappe plus fort. Sûr qu'il est là. »

L'autre répondit par un soupir agacé et une grimace, remonta l'escalier, cogna à la porte avec plus de vigueur et colla aussitôt l'oreille au battant.

A l'étage s'entrouvrit une persienne, quelques grognements se firent entendre et, peu de temps après, on perçut de l'autre côté des pas lents accompagnés de protestations et le mot « pressé », « pressé » répété avec insistance.

La porte s'ouvrit lentement et chichement, et dans la fente apparut le docteur, une barbe de trois jours, en chemise, le pantalon mal boutonné. Il dégageait une forte odeur d'eau-de-vie, de draps douteux et de renfermé.

« Qu'est-ce qui se passe ? Qu'est-ce que tu as à être pressé comme ça ? »

Amaro poussa la porte sans égards et le docteur, la main sur la poignée, l'accompagna à reculons dans son mouvement tournant, comme dansant un rigodon. Amaro n'ôta pas son chapeau et ferma la porte derrière lui.

Il resta environ une demi-heure, peut-être plus.

La porte s'ouvrit — il la laissa ouverte —, il descendit l'escalier et se dirigea vers le taxi.

« Toi, attends ici », dit Amaro à son fils.

Il ouvrit la porte arrière du taxi et en extirpa la gamine, qui sortit en traînant les pieds, la main droite dans la bouche. Son chapeau n'avait pas bougé. Il referma la portière derrière lui.

Le docteur avait ôté sa chemise et, en tricot de corps, après s'être frotté le visage, il se lavait les mains et les avant-bras, façon chirurgien, dans une bassine minuscule de l'autre côté du rideau, posée sur un sol de linoléum parsemé de trous poilus et de gouttes d'eau. Le docteur remit sa chemise et retroussa ses manches.

Il posa la main sur la tête de la petite et l'obligea à regarder vers le haut. Il répéta l'opération en la prenant par le menton, pendant qu'il lui retirait la main de la bouche. Puis il tira un rideau, ouvrit la persienne et sortit du tiroir de la console une paire de gants de caoutchouc caramel, qu'il regarda en transparence. Il fit la moue, peu convaincu.

Amaro tourna les yeux vers la fenêtre avec méfiance.

« Assieds-toi, Amaro. »

Le docteur nettoya les gants dans la bassine avec de l'eau et du savon et les mit à sécher sur un porte-serviettes cassé en deux qui supportait peu de poids.

D'un autre tiroir il sortit le marteau de caoutchouc à poignée métallique et fit un geste à la petite pour lui indiquer le lit de consultation doublé de toile cirée, sans drap ; il y donna deux tapes, auxquelles la gamine, une main dans la bouche et l'autre entre les cuisses, ne prêta aucune attention.

« C'est ce que je vous disais, dit Amaro en montrant l'autre main.

— Assieds-la sur le lit, bien droite. »

La petite resta les jambes jointes et pendantes, tandis que son père lui tenait les mains. Le docteur lui souleva les paupières, observa ses orbites et mesura les réflexes à l'aide de plusieurs coups de marteau sous ses rotules.

« La tête haute, bien haute, dit le docteur. Maintenant, ne bouge pas. »

Après s'être frotté délicatement les mains, le docteur caressa du bout des doigts le cou de l'enfant, depuis le lobe de l'oreille jusqu'à la clavicule, plusieurs fois de suite et très attentivement, tout en regardant le plafond pour concentrer son attention sur le toucher.

Puis il passa de l'autre côté de la salle de consultation, dans le bureau, et se servit un verre de marc sur une table encombrée de toutes sortes de papiers et d'objets divers.

« Tu en veux ? » demanda-t-il.

Amaro fit signe que non de la tête. Il n'avait pas ôté son chapeau de paille.

Le docteur poussa un soupir et se frotta encore une fois les mains pour répéter ses caresses sur le cou de l'enfant. « Je ne sais, je ne sais pas », dit-il d'une voix presque inaudible, comme pour lui-même.

« On va l'allonger », ajouta-t-il. Il ferma le rideau et enfila ses gants de caoutchouc.

Quand il eut terminé l'examen, il déposa les gants sur la bassine, donna une tape affectueuse à la gamine et, lui passant une main sous l'aisselle, l'aida à sauter du lit.

« Alors, docteur ? Qu'en pensez-vous ? »

Le docteur retourna à son cabinet pour se verser un autre verre de marc ; il s'assit dans un fauteuil tapissé de rouge grenat et appuya la bouche contre ses deux index joints.

« Qu'en pensez-vous, docteur ? » demanda Amaro.

Le docteur ne répondit pas.

« Si vous avez terminé, je vais l'emmener à la voiture.

— Oui, tu peux l'emmener. »

Quand il fut de retour, le docteur dit :

« Il me semble que tes soupçons étaient fondés.

— Alors ?

— C'est tout ce que je peux te dire. Tu dois savoir si ça a pu se passer ou non. Tu dois savoir où elle est allée traîner. La seule chose que je peux te dire, c'est que ça s'est passé, mais je ne peux savoir ni quand ni comment.

— Docteur, vous croyez qu'elle est enceinte ?

— Je ne sais pas. Il faudrait faire une analyse. Si tu veux, je te donne une ordonnance pour la faire faire. Moi, ici, je n'en ai pas les moyens. Il faudra que tu ailles à Región. Peut-être don Saturnino.

— Et si on attend ?

— Quand crois-tu que ça s'est produit ? Elle a eu ses règles régulièrement ?

— Peut-être pas la dernière fois. Ça ne fait même pas un mois.

— Comment le sais-tu ?

— Docteur !

— Parce que tu sais ce qui s'est passé ?

— Docteur, ça n'a pu se faire qu'à une occasion. La petite ne sort de la maison qu'avec moi.

— Si tu attends, tu sais ce que tu risques. Sans parler de ce qui peut lui arriver à elle. Elle est très développée mais elle est encore très jeune et je ne sais pas, avec sa constitution, ce qui pourra se passer. Amaro, si elle est enceinte, il vaudra mieux que tu penses que cette grossesse ne doit pas prospérer.

— Que voulez-vous dire, docteur ?

— Qu'il faudra provoquer l'avortement, ce sera mieux pour tout le monde. Amaro, tu te rends compte qu'elle peut mettre au monde un enfant... comme elle ? On sait tous les deux ce que c'est que d'avoir un enfant comme ça. Tu te rends compte ?

— Alors, on en parlera dans un mois, au plus tard. Qu'est-ce que je vous dois, docteur ?

— Tu ne me dois rien. Rentre chez toi et tâche de savoir si elle a ses règles. Pour ce qui est du reste, qu'est-ce que tu veux que je te dise ?

— Le reste, ça me regarde.

— Amaro..., dit le docteur en ouvrant la porte.

— Oui, docteur.

— Fais attention à elle. Pas de violence, Amaro. »

Déjà sur le seuil, Amaro se retourna encore une fois, ne sachant pas comment s'y prendre.

« Docteur...

— Quoi, tu vas me recommander d'observer la plus grande discrétion ? Tu crois que c'est nécessaire ?

— Non, docteur », dit Amaro et il se dirigea vers le taxi. Son fils l'observait, assis dans la voiture avec la vitre baissée, sans pouvoir échapper à l'ennui de tout chauffeur de taxi qui attend.

Une fois rentré, le docteur prit les gants de caoutchouc, qu'il rangea dans le même tiroir, à côté de quelques capsules et d'une boîte en acier pour faire bouillir les seringues et les aiguilles. Il n'avait pas encore terminé son second verre et en contemplait le contenu lorsqu'une voix venue de l'étage supérieur l'obligea à le laisser où il était. D'un autre tiroir il sortit un flacon de comprimés et en prit un. Il se rendit à la salle de bains et remplit un verre d'eau, dans lequel il mit le comprimé. Le verre à la main, il sortit de la maison et alla jusqu'à la route. Il n'y avait pas âme qui vive. Le jour déclinait et le soleil derrière le feuillage découpait chaque feuille, comme si, la fin de son mandat étant proche, il avait décidé d'adoucir ses statuts et d'admettre l'existence de ses milliers d'adversaires. Une fois de plus, la voix de l'étage l'obligea à revenir. Il décrocha une grosse clé pendue à un piton derrière la porte. La voix se convertit en un hurlement, bref et comminatoire. « Ça vient, ça vient », dit le docteur. Il ferma la porte de la rue et alluma la lumière du palier. Au fond du corridor du second étage, il y avait une porte bloquée par une barre d'acier posée en biais. Il décrocha celle-ci en essayant de ne pas faire de bruit, après avoir déposé le verre par terre. Il enfonça la clé et ouvrit la serrure de la main gauche, pendant que de la droite il tenait le battant par la poignée. Il prit le verre d'eau dans lequel il avait dissous le comprimé et, quand il poussa doucement le battant, le hurlement se fit insolent, rauque et agressif.

« Ça vient, ça vient », dit le docteur en ouvrant la porte, le verre à la main.

XIX

Ce samedi-là, en sortant de l'appartement de la rue Válgamedios, le capitaine Medina décida de passer la nuit aux Quatre-Nations, pour prendre le dimanche l'autocar de Bocentellas, où devait l'attendre l'Isotta qui le conduirait au fort. C'était la combinaison qu'il avait utilisée en de nombreuses occasions, surtout quand, dans les premiers mois de son affectation, il avait multiplié ses fins de semaine à Región, à la recherche de distractions — peut-être aussi d'une femme — et d'amitiés qui ne tinrent jamais leurs promesses.

Le capitaine ne pouvait ôter de son esprit son retour au fort et l'entrevue avec Olvera. Ce fut une des raisons — aussi importante que « le respect à soi-même » — qui le poussèrent à réduire ses visites au Doria, à renoncer à ses retours à l'aube et à limiter ses relations avec la Chiqui aux fins de semaine dans l'appartement de la rue Válgamedios.

La Tacón s'occupa de tout, devançant même ses appréhensions. Le capitaine ne put jamais savoir quel genre d'appartement c'était, à quoi il servait et qui l'habitait en dehors de la patronne. C'était un logement modeste, au dernier étage, situé dans la partie ancienne de la ville, près du couvent des Clarisses, et dont il ne réussit à connaître qu'un petit salon — avec une table ronde, des chaises, un lit-divan, un buffet où étaient rangées deux bouteilles, l'une de cognac, l'autre d'anisette, et un guéridon avec le portrait d'un brave homme de la région destiné depuis sa jeunesse à laisser un bon souvenir à la postérité — et une chambre, avec un grand lit de métal chromé, recouvert d'un grand dessus-de-lit rouge, une armoire à glace, un pot de chambre et un crucifix d'où pendait un chapelet en noyaux d'olive.

Le capitaine supposait que la patronne gagnait sa vie avec l'appartement, grâce à des clients qui ne devaient pas être très différents de lui et l'utilisaient probablement à des fins à peu près similaires, mais jamais il ne fit de rencontres fâcheuses, jamais il ne se trouva dans des situations gênantes et il finit par penser que ses relations avec la Chiqui, si discrètement menées, n'étaient connues que de la Tacón et de la patronne. Celle-ci, à qui il s'était présenté sous un faux nom, n'avait pas non plus à savoir qui il était. Parfois il arrivait avant la Chiqui et se voyait obligé de faire la conversation avec la patronne dans le petit salon ; elle lui parlait de son village, dans la province, de terres qu'elle possédait, d'un commerce de matériaux.

Le capitaine était en civil. Avant de franchir l'entrée, il passa devant pour jeter un coup d'œil à l'intérieur, revint sur ses pas et, quand il fut de nouveau à sa hauteur, pivota et s'y faufila en douce. Le capitaine était timide, craignait la plus légère imputation et ne se sentait pas la force de modifier la règle qu'il s'était imposée.

En peu de jours, la moitié de sa solde était partie en hommages à la Chiqui et en attentions, de temps à autre, pour la Tacón. Le capitaine, qui était un peu pingre, avait quelques économies.

« Bonjour, monsieur Vázquez, dit la patronne en lui ouvrant la porte ; entrez, vous connaissez le chemin. »

L'appartement était étroit et, bien qu'au dernier étage, obscur, situé dans cette hyposphère retirée du péché où la pleine entrée de lumière n'est pas permise ; isolé de la rue et de l'extérieur par des cours, des persiennes, des claies et des rideaux épuisés qui protégeaient et consumaient le tic-tac sonore d'une pendule de cuisine secrète, laquelle, sans cesse en éveil, dictait sa litanie arythmique dans l'ambiance propre à un espace éloigné de la vie de la planète et régi par le battement de cette fruste divinité, bourrée de turpitudes. Un culte du fourneau, du petit vase de nuit et de la balayette avait imprégné le temple d'un arôme particulier — comme une odeur de peigne —, combinaison d'un nombre limité de molécules organiques en proportions inaltérables, pour laquelle l'amour, moins que toute autre hiérarchie, ne pourrait jamais réclamer une plus grande participation de ses adeptes, lié comme il l'était de façon indissoluble au clair-obscur neutre et fatigué résultant d'un mélange malheureux de vernis et de teintures bâtardes. Jamais il ne put s'adapter au salon. Jamais il ne voulut reconnaître cette sensation de cassure ; le capitaine ne pouvait réprimer le tremblement, d'autant plus perceptible qu'il était léger, qui l'obligeait à maintenir tendus tous ses membres pour mieux les contrôler, comme si le centre chargé de son équilibre s'était refusé à pénétrer dans l'appartement et que c'était à lui, le moi sans âme, abandonné de son noyau le plus intime et le plus solide, qu'incombait cette fonction, normalement exécutée par un inférieur anonyme et inconnu, toujours à ses ordres. Assis dans le petit fauteuil, ce n'était plus qu'un corps constitué de filaments inquiets et vulnérables, un paquet amorphe jeté dans un courant souterrain et présentant une ébauche de formes vivantes qui, si elles avaient opté pour la métamorphose vers un état de conscience élevé, eussent à coup sûr été arrachées à leur habitat intermédiaire pour être précipitées vers un autre où leurs mouvements limités ne seraient pas parvenus à trouver une issue vers la survie.

« C'est une fille formidable, monsieur Vázquez ; ce qu'elle est gentille ! » dit la patronne. La sonnette retentit et la patronne alla à la porte. Le capitaine se leva pour épier ses mouvements au fond du couloir. Elle ouvrit pour laisser apparaître sur le seuil une femme d'âge et de constitution similaires, portant un sac qu'elle remit à la patronne, laquelle à son tour le déposa par terre pour avoir les mains libres en vue de cette conversation de couloir.

En un instant le salon sembla s'empourprer et la photographie du dernier homme qui mit les pieds dans cette maison avec autorité et décence se transforma en un timide miroir, involontaire symbole de la tyrannie du tic-tac qui jamais ne lui permettrait de refléter autre chose que le néant dans la pénombre, au sein d'un monde où la pendule se serait substituée à toute masculinité pour se sacrer souveraine indiscutée du crépuscule féminin élaboré de façon inextricable, minutieuse et vide. L'espace d'une minute, le capitaine perdit le sens de sa situation dans ce salon — immergé dans un moment anodin susceptible de se prolonger indéfiniment et, doté d'une voracité qui ne distinguait pas les hommes des choses, de l'engloutir sans le moindre étonnement —, comme s'il était arrivé ici sans avoir remarqué une minuscule erreur antérieure de trajectoire qu'il ne parvenait pas à situer. Il n'eut pas de réveil parce que ce ne fut même pas un rêve. Il se souvenait peut-être d'une troisième voix et des pas de la patronne vers la cuisine, qui alla fouiller dans son porte-monnaie et revint à la porte avec quelques pièces, dont le tintement fit jaillir du sol du salon des scintillements de bibelots de pacotille, tandis que sur les murs se balançaient avec indolence les reflets d'une mare stagnante. Au-delà, il vit une ombre énorme ; une ombre gigantesque d'homme qui l'accompagnait pour écouter avec lui le chuchotement des femmes, et le suivait avec de légers mouvements de tête, comme s'il s'agissait d'une partition de musique, pour rendre plus manifeste sa soumission à l'ordre appauvri et sauvage de la chimère.

Immergé dans un courant souterrain, il ignorait où il était conduit, peut-être vers une assemblée méprisante de corps tranquilles et proches disposée à l'accueillir dans son sein — après qu'il aurait vaincu une certaine répugnance et accepté le verdict d'une informe et lascive entité féminine ennemie de sa qualité d'homme —, assemblée qui finirait par accepter son entrée dans la communauté larvée du vice, sous la dictée du tic-tac, quand il fut interrompu par la violente lumière du corridor, le bruit caractéristique de talons, les pas courts et rapides et la silhouette de la fille à la porte du salon, la tête inclinée de côté sous le poids de son sac suspendu à l'épaule par une longue chaîne, qui oscillait en lui battant la hanche.

L'hôtel des Quatre-Nations était désert ; derrière son comptoir, le concierge feuilletait une vieille revue et la chatte dormait dans un fauteuil d'osier ;

en face, un client lisait un journal de la capitale, également daté, qu'il laissa retomber quand le capitaine traversa le vestibule.

« La clé du 11, s'il vous plaît. »

Le concierge se redressa pour atteindre la clé et une enveloppe pliée déposée dans le casier.

« Un message pour vous.

— Un message pour moi ? »

A cet instant le capitaine remarqua Fayón, qui l'observait par-dessus ses lunettes, avec l'indulgente curiosité engendrée par une longue soirée solitaire.

« Pardon, je ne vous avais pas reconnu. Nous nous sommes vus récemment mais j'ai oublié votre nom.

— Fayón ; le docteur Sebastián nous a présentés il y a quelques jours. Vous veniez de poursuivre je ne sais quels déserteurs. »

Medina refoula ce mauvais souvenir. Il regarda l'écriture sur l'enveloppe — elle ne lui disait rien —, sans se décider à ouvrir.

« Finalement, avez-vous eu de la chance, capitaine ? »

Le capitaine Medina, devinant chez Fayón une certaine réticence, adopta une attitude prudente et modeste.

« Il ne s'agit pas de chance. C'est le flair qui m'a manqué.

— Alors, les deux hommes vous ont échappé ? J'en ai entendu parler plus tard. Mais j'ai aussi entendu dire qu'il est presque impossible qu'ils sortent de la région si vous avez décidé le contraire. Vous avez la réputation d'être un homme très capable, capitaine.

— Merci, vous êtes bien aimable ; mais cette fois-ci les choses n'ont pas tourné comme il aurait fallu et j'ai bien peur que cette réputation ne s'effondre. Au moins en ce qui concerne le cas présent.

— Vous avez abandonné vos recherches ? demanda Fayón en ôtant ses lunettes, peut-être dans l'intention de retenir son interlocuteur pour prolonger la conversation jusqu'à l'heure, proche, du dîner. Vous ne vous asseyez pas ? »

L'œil du capitaine tourna.

« Excusez-moi, vous disiez ? demanda le capitaine en regardant l'enveloppe et en retournant le mystère dans sa tête.

— Vous ne voulez pas vous asseoir ? »

Medina resta debout.

« Je vous demandais si vous considériez l'affaire comme réglée ou si vous continuiez à chercher vos déserteurs.

— Je suppose que l'affaire, comme vous dites, ne relève plus de ma compétence. Ou n'en relèvera plus au moment où ils franchiront les limites de la juridiction. Mais, tant qu'on ne sait rien d'eux, mon obligation est de continuer à les chercher par ici. Il n'y a pas prescription.

— Capitaine, demanda Fayón, que se passe-t-il dans un cas comme celui-ci ? »

Le capitaine tarda à répondre.

« Il ne se passe rien. »

Fayón déposa ses lunettes sur le siège voisin et ouvrit les bras avant de demander :

« Rien ? »

Le capitaine recula d'un pas.

« Excusez-moi ; si ça ne vous dérange pas... Peut-être nous verrons-nous plus tard. Vous logez ici ? Nous nous verrons plus tard. »

La porte à peine refermée, le capitaine retira sa veste et sa cravate. Il déposa l'enveloppe sur la table de nuit et, avant de l'ouvrir, remplit le verre du lavabo au robinet. Il avait juste soif pour un verre mais son impatience ne connaissait pas de limites ; à part la Chiqui, rien ne le préoccupait en particulier ; pourtant, tout l'inquiétait. Le courant pouvait reprendre sa marche d'un moment à l'autre pour l'entraîner, et il savait seulement qu'il ne devait pas se laisser emporter. D'ailleurs, c'était peut-être lui qui l'avait déclenché. Il pensa au fort et à ses hommes et, dans un pressentiment, les vit initier un mouvement très lent mais inexorable — celui-là même de la chambre, de l'auberge qui apparaissait par la fenêtre, de la montagne qui apparaissait derrière l'auberge. Il ouvrit l'enveloppe et, sur une feuille pliée en deux, lut, écrit au crayon avec des caractères majuscules grands et maladroits : « Aïe, capitaine Medina ; aïe, monsieur Vázquez. »

Le capitaine se passa la main sur le front et but le verre d'eau d'un trait.

XX

« Qu'est-ce que ce sera ? demanda le boiteux.

— Moi, je ne veux rien, dit Amaro. Tu veux quelque chose ?

— Mets-moi un café noir, dit Amaro fils.

— Il n'y a pas de café. La machine n'est pas en marche.

— Alors, donne-moi un verre de cognac, dit Amaro fils. De celui que tu as là », et il montra une bouteille de Fundador.

Le boiteux remplit le verre et resta face à eux, les deux mains appuyées sur le bord du comptoir.

« Ta patronne est là ?

— Pour y être, elle y est, dit le boiteux.

— Eh bien, va dire à ta patronne que je veux la voir.

— Ce ne sont pas des heures, dit le boiteux.

— Tu ne m'as pas compris. Je te dis d'aller lui dire que je veux la voir.

— Et moi je te dis que ce ne sont pas des heures.

— Que ce ne sont pas des heures pour quoi ?

— Pour déranger la patronne. »

Amaro fils avala son verre d'un trait.

« Qui parle ici de déranger ? demanda-t-il.

— C'est moi qui le dis, un point c'est tout.

— Parce que c'est toi qui décides ? demanda Amaro fils.

— Ce que je dis, c'est que j'ai l'ordre de ne pas la déranger à ces heures-ci. C'est clair ?

— Allez, donne-moi la même chose », dit Amaro fils.

Le boiteux remplit le verre.

« A quelle heure on peut la voir ? interrogea Amaro.

— Plus tard.

— J'ai demandé à quelle heure, dit Amaro.

— Vers six heures elle sera ici. Elle a l'habitude de passer tous les jours à cette heure-là. »

Amaro réfléchit, tordit la lèvre inférieure et regarda le boiteux, qui ne cilla pas.

« Bois ça », dit Amaro à son fils, et il tourna le dos. Amaro fils but d'un coup son second verre et mit une pièce sur le comptoir.

« Prends ce que je te dois. »

Amaro réfléchit, se retourna et fit face au boiteux, qui lavait un verre.

« Il s'agit de Barceló. Maintenant, tu sais de quoi il s'agit. De ton ami Barceló. »

Le boiteux déposa la monnaie sur le comptoir, quelques pièces humides.

« Et alors ? Je vous ai déjà dit qu'elle sera là à six heures. A ce moment-là, vous pourrez parler avec elle de tout ce que vous voulez.

— A six heures, hein ? Et si à six heures j'ai pas envie de venir ?

— Vous savez ce que vous avez à faire.

— Et toi, tu sauras lui dire qu'Amaro est venu pour parler de Barceló, mais que tu n'as pas voulu la déranger ? Tu lui diras comme ça ? » demanda le fils.

Le boiteux préféra ne pas répondre et s'essuya les mains avec un chiffon.

« Tu lui diras comme ça, hein ? » dit Amaro.

Le boiteux décrocha son bracelet-montre du piton de l'étagère, le consulta et se le passa en faisant tourner son poignet, le poing fermé.

« Il se peut que dans une demi-heure elle soit ici », dit le boiteux en contournant le comptoir pour aller passer le chiffon sur les deux tables.

Les lanières des rideaux s'agitèrent et la Tacón apparut à l'extrémité du comptoir, un bloc et un stylo-bille à capuchon à la main, les lunettes sur le bout du nez.

« Qu'est-ce qui se passe avec Barceló ? » demanda la Tacón sans donner d'importance à sa question, en leur tournant le dos et en vérifiant d'un coup d'œil les articles de l'étagère. Elle prit deux bouteilles et, les levant l'une après l'autre à hauteur des yeux, considéra leur contenu. « Qu'est-ce que c'est que toute cette histoire ? »

Amaro ne répondit pas, attendant de pouvoir lui parler en face. La Tacón se retourna, tenant une bouteille par le goulot, et l'observa par-dessus ses lunettes.

« Bon, alors, qu'est-ce que c'est que tout ça ? »

Amaro fit un geste de la tête pour indiquer le boiteux. La Tacón reprit son travail et écrivit quelques mots sur une feuille qu'elle arracha du bloc et déposa sur le comptoir.

« Vous ne voulez rien prendre ? » demanda-t-elle.

Les deux firent non de la tête.

« Toi », dit Amaro.

Amaro fils mit sa paume sur le verre vide. La Tacón tendit la feuille au boiteux.

« Va chercher ça. Et laisse-le à la porte du fond. Tu le rentreras plus tard. »

Le boiteux sortit. Sans tenir compte de son geste, la Tacón remplit de nouveau le verre d'Amaro avec le même cognac.

« Qu'est-ce qui se passe avec Luis ? » demanda-t-elle. Elle ôta ses lunettes et répéta la question.

« Où est-il ? demanda Amaro.

— Ben voyons ! » La Tacón fit une vilaine grimace avec la bouche. « La première chose que fait Luis en sortant de cabane, c'est de passer ici pour me dire où il vit. Et la deuxième, c'est de me dire : A tous ceux qui viennent demander après moi, tu leur donnes mon adresse. Comme ça, pas de problèmes. Impeccable. »

Amaro n'attendait pas quelque chose de très différent.

« Ce qu'il fait, ça ne me regarde pas. Ça m'est égal. Mais il faut que les comptes soient clairs. Il s'agit de payer ; et de payer jusqu'au bout, jusqu'à ce que les comptes soient clairs.

— Quels comptes ?

— La note du taxi », dit Amaro fils.

La Tacón le regarda pour la première fois, la bouche ouverte et la langue abaissée de côté pour toucher une molaire du bas.

« Bon. Et qu'est-ce que j'ai à voir là-dedans ?

— Vous et tous les autres. Vous m'avez compris, dit Amaro.

— Vous n'avez pas encore été payé ?

— Il en manque encore, dit Amaro fils.

— Le plus important, dit Amaro.

— Bon, mais faut pas exagérer : qui a conclu le marché ? demanda la Tacón. Pourquoi vous ne vous adressez pas à la personne avec qui le marché a été conclu ?

— Parce que moi, je m'adresse à vous ; vous, vous vous adressez à lui ; et lui s'adresse à moi. C'est clair ?

— Et moi, qu'est-ce que j'ai à voir avec tout ça ? Pourquoi vous ne vous adressez pas à lui directement ?

— Parce que. Je l'ai déjà dit. Vous vous adressez à Peris, et Peris, il s'adresse à moi.

— Et qu'est-ce que j'ai à voir avec Peris, merde ? Je suis peut-être sa bonne, à Peris ? Qu'il aille se faire foutre, cet enfoiré, merde ! Qu'est-ce que j'ai à foutre avec Peris, moi ?

— Ce qui est dit est dit ; vous vous adressez à Peris, et Peris il s'adresse à moi.

— Et si j'ai pas envie, merde ? Mais enfin, vous vous prenez pour qui, pour me parler comme ça ?

— Si vous n'avez pas envie de le faire, ce sera tant pis pour Peris, pour vous, pour Barceló et aussi pour nous, dit Amaro.

— On peut tous y laisser des plumes », dit Amaro fils. Il but son verre, cette fois-ci plus lentement.

« Donc, samedi, à midi, à la maison Zúñiga. Et pas d'histoires. Il doit apporter le double de l'autre fois. Il le sait très bien, le double. Samedi, à midi, à la maison Zúñiga.

— Il sait où c'est », dit Amaro fils.

La Tacón regarda les deux hommes et passa le chiffon sur un comptoir qui n'avait nul besoin de ce soin ; de l'elliptique trait humide ne restèrent bientôt, inégalement réparties, que des taches d'eau allongées et isolées qui, comme certaines ruines paléolithiques, ne conservaient que l'énigme d'un ordre originel et impossible à reconstruire.

XXI

Amaro fils arriva environ deux heures avant midi. Il grimpa par le chemin de la colline, prit un sentier à charrette après la première courbe et laissa la voiture cachée parmi les chênes verts.

Il n'y avait personne autour de la maison Zúñiga. Il entra dans le vestibule pour avaler un verre d'eau. Là lui parvenait le murmure d'une conversation de femmes qui, dans une pièce du haut, parlaient sans arrêt, parlaient depuis l'origine des temps, ne cesseraient pas de parler à la fin des temps, parlaient pour que s'accomplisse la malédiction d'une race séduite et administrée par le démon.

Amaro fils choisit, pour attendre, un endroit qui dominait la route et le chemin de halage. Avant onze heures arriva son père, en compagnie de l'ouvrier, sans mule ni chien. Les deux avaient un fusil de chasse et Amaro portait en outre un balluchon.

« Rien ? demanda Amaro.

— Pour le moment, rien, répondit son fils.

— Tu es passé par le Doria ?

— Il était très tôt ; tout était fermé, répondit le fils.

— Le capitaine ? » demanda Amaro.

Amaro fils fit une moue pour indiquer qu'il ne savait rien.

« Hier soir, il était à l'hôtel. En général, il arrive le samedi midi. »

Ils attendirent jusqu'à trois heures exactement, comme il était prévu. A trois heures, Amaro consulta sa montre, pénétra dans le vestibule pour aller boire un peu d'eau et ressortit transformé, avec une veste de velours couleur de blé, une chemise blanche et une cravate noire. Dans la main droite il portait le balluchon, de même volume qu'avant.

« Allons-y », dit-il.

Son fils s'enfonça dans la colline pour aller chercher la voiture. Ils mirent les fusils et le paquet dans le coffre et Amaro monta à côté du conducteur.

« Chef, dit l'ouvrier en maintenant la portière entrouverte.

— La ferme ! » répondit Amaro en claquant la sienne d'un coup trop énergique au goût de son fils. « Allons-y. »

Un peu avant six heures, ils arrivèrent à Región ; avant de s'engager sur le pont, Amaro fils arrêta la voiture et l'ouvrier descendit.

« On passe d'abord à l'hôtel ? demanda le fils.

— Ça vaut mieux », dit le père.

Avant qu'ils ne s'arrêtent devant l'hôtel, Amaro sortit l'enveloppe de sa poche. Il la contempla sur les deux faces à bout de bras et la remit à son fils.

« Bon, tu sais. Seulement si on ne te dit rien. Mais demande bien s'il est arrivé. »

En sortant de l'hôtel, depuis le trottoir, Amaro fils fit un bref geste affirmatif à l'intention de son père. Au moment de mettre le moteur en marche, il dit :

« Il est sorti il y a à peu près une demi-heure. J'ai dû laisser l'enveloppe au concierge. »

La voiture s'arrêta devant le couvent des Clarisses. Amaro descendit, parcourut de bout en bout la rue Válgamedios et, au retour, s'arrêta pour inspecter le porche du numéro 11. Puis, de l'extrémité de la place, il observa le dernier étage, ses deux balcons avec des pots de géraniums et des stores verts qui retombaient sur la balustrade.

« Je crois qu'on a largement le temps, dit le fils. On pourrait prendre un sandwich. Là, au coin, il y a un bar.

— Vas-y, toi », dit Amaro.

Quand le capitaine sortit, il faisait encore jour. Il traversa la rue, regarda des deux côtés, s'arrêta un moment devant la vitrine d'un marchand de couleurs avec la nonchalance d'un promeneur solitaire et disparut à l'angle de la place. Amaro fils, conduisant très lentement, gara alors sa voiture un peu plus loin, toujours sur la place, sous les acacias.

Quand la fille sortit, environ un quart d'heure plus tard, Amaro l'attendait au coin. Au moment où elle passa devant lui, il avança d'un pas et lui dit quelque chose, mais la fille l'esquiva, l'épaule en avant et le regard en coin, en accélérant le pas et en s'écartant jusqu'au bord du trottoir. Amaro dut ajouter quelques propos plus convaincants, car la fille s'arrêta, tourna la tête et le regarda, s'efforçant de conserver une attitude agressive. Amaro, avec calme, s'approcha alors d'elle et sortit de sa poche quelque chose qu'il lui montra. La fille le regarda de la tête aux pieds et lui dit deux ou trois mots. Puis elle consulta sa montre ; Amaro fit la même chose. Ils échangèrent de brèves paroles et la fille indiqua le dernier étage. Amaro, la montre dans la paume de la main, fit un geste vague et à son tour indiqua le taxi de son fils, garé sous les acacias de la place.

La fille, avec ses talons, dépassait légèrement la stature d'Amaro ; elle portait une jupe noire très cintrée qui laissait voir ses genoux, un chemisier rouge écarlate, et elle s'était noué autour de la taille un foulard blanc dont les pointes retombaient sur sa hanche gauche. A l'épaule pendait un sac de cuir par une longue chaîne dorée. Il la saisit par le bras gauche et l'emmena jusqu'au taxi.

« Il est libre ? » demanda-t-il à son fils.

Le chauffeur ouvrit la portière arrière et, tandis qu'Amaro lui donnait une adresse, la fille s'installa sur le siège, à gauche.

En sortant du pont d'Aragon — la nuit tombait déjà — et après avoir passé l'Atelier Recio, le taxi s'arrêta près du mur ; l'ouvrier monta à l'arrière en poussant la fille au milieu. Elle poussa un cri et reçut une gifle.

Lorsqu'ils arrivèrent à la maison Zúñiga, il était plus de minuit. Amaro et l'ouvrier descendirent sous les ormes et le fils alla garer la voiture à l'endroit qu'il avait choisi le matin. Tous les deux tenaient la fille par un bras et Amaro, de la main droite, lui fermait la bouche. Elle n'offrait d'autre résistance que celle provoquée par le soin qu'elle prenait à marcher, étant nu-pieds. La nuit était obscure ; il n'y avait pas une seule lumière dans la maison mais tout autour de l'étage supérieur, comme une surimpression imparfaite, flottait l'écho d'une conversation que n'interrompait pas totalement le sommeil. Amaro fils détacha la chaîne du canot et tous quatre y montèrent. La fille tremblait et quand Amaro, au moment où le canot touchait l'autre rive, enleva la main de sa bouche, on aurait dit qu'il avait capté un émetteur de sons brefs et monotones, quelque chose comme un téléphone occupé. Amaro alluma sa lanterne et extirpa la fille du canot en la tirant par le bras. Il indiqua le chemin avec le faisceau de lumière et la fille éleva alors la tonalité des sons qu'elle émettait, sans en altérer pour autant ni la durée ni la fréquence. Amaro lui donna une gifle, moins forte que la précédente.

« La ferme ! » dit-il.

La fille baissa le son, sans le couper. L'ouvrier portait ses chaussures du bout des doigts.

Lorsqu'ils arrivèrent, à une heure avancée du petit matin, toute la montagne sifflait autour de la maison. Le chien les avait salués de loin avec ses séries de trois aboiements et, quand ils s'engagèrent dans le chemin, il arriva en courant pour s'emmêler dans les jambes d'Amaro et aboyer après la fille. La porte de la cuisine s'éclaira et dans l'encadrement se découpa la silhouette de la femme de l'ouvrier.

« Va dormir. Tu n'as rien à faire à cette heure-ci, dit Amaro. Allez, va dormir. »

La femme regarda longuement la Chiqui et ne fit demi-tour qu'une fois qu'ils eurent disparu à l'angle, en direction de la cave. Amaro alluma une bougie et éteignit la lanterne. La fille avait une mine décomposée ; autour de sa bouche le rouge à lèvres avait coulé, dilué comme une tache qui dissipe un trait maladroitement exécuté ; elle était dépeignée, son chemisier retombait sur sa jupe qui s'était décousue, elle avait perdu le foulard noué à sa taille et une goutte de sang avait formé une traînée au-dessus de sa cheville.

« Là », dit Amaro en indiquant le tas de paille.

La Chiqui n'émettait plus aucun son mais avait perdu la faculté de bouger.

« Là, je te dis », répéta Amaro, et il la poussa par l'épaule vers le tas de paille. La fille fit trois pas en arrière mais ne tomba pas. Son regard était fixe, stupidement posé sur le vide de l'instant, elle-même privée de toute volonté et convertie en ce corps inanimé et articulé qu'exige la couturière pendant l'essayage pour pouvoir travailler en toute liberté.

« Tu permets ? » demanda Amaro fils, de la porte. L'ouvrier était derrière lui.

Amaro se retourna. Son fils leva le menton. Le chien aboya sur l'aire.

Amaro se retira, et son fils occupa la place.

« Fais ce que tu veux », dit Amaro.

Le fils la prit par les épaules et la coucha sur le tas de paille. Il ôta son chemisier en un tour de main. L'ouvrier obstruait la porte.

« Chef, dit l'ouvrier.

— Fais ce que tu veux », répéta Amaro. Quand il se retourna, son fils était sur la Chiqui, dont on ne voyait que les longues jambes, les plantes de pied pleines de terre et une main sur la paille, immobile et effilée comme celle d'une sculpture. L'ouvrier buta contre lui sur le seuil et, pour une fois, Amaro le laissa passer.

« Tâchez de la laisser bien enceinte. A vous deux, vous la baisez comme il faut et vous la laissez bien enceinte. Ensuite, vous mettez le cadenas. »

La femme de l'ouvrier était assise dans la cuisine.

« Qu'est-ce que tu fais là à cette heure-ci, voyons ? Je ne t'ai pas dit d'aller au lit ? demanda Amaro.

— Je t'ai réchauffé quelque chose à manger, Amaro. Vous avez déjà dîné ? »

La femme lui servit un plat de haricots qu'il avala

rapidement, sans lever le menton de l'assiette jusqu'à la dernière cuillerée.

« Pourquoi tu l'as amenée ici ? demanda la femme en retirant l'assiette. Tu nous as fourrés dans un beau pétrin. Ils chercheront jusqu'à ce qu'ils la retrouvent. »

Amaro prit la boîte de tabac.

« Tais-toi donc. Je sais ce que je fais, dit-il.

— Ils vont te tuer, Amaro. Ils vont tous nous tuer. Cette fois-ci on ne s'en sortira pas, dit la femme.

— Je te dis de te taire. »

La femme regarda par la porte.

« Et ceux-là, qu'est-ce qu'ils font ? C'est pas qu'ils vont la sauter, cette salope ? C'est pour ça que tu l'as amenée ici ?

— Je te dis de te taire.

— Ils vont tous nous tuer, dit la femme. Toi le premier. Demain ils seront là. Pourquoi il a fallu que tu te fourres là-dedans ? »

Amaro ne répondit pas. La femme alla vers la porte et fit quelques pas dehors pour scruter l'obscurité.

« Mais qu'est-ce qu'ils font, ceux-là ? Pourquoi ils ne viennent pas ? C'est pas qu'ils vont la sauter, cette pouffiasse ? dit-elle en entrant.

— Si c'est pas déjà fait. »

La femme laissa tomber l'assiette et la cuiller dans l'évier.

« Putain de vie, merde ! Travailler toute la journée pour ça ! »

La femme regarda Amaro en face.

« Et toi ? Toi aussi, tu vas la sauter ?

— Moi, demain », dit Amaro.

XXII

Le lundi matin, la Tacón prit l'autocar et, vers midi, elle était dans l'appartement de la rue Válgamedios pour s'enquérir de la Chiqui. Elle s'était promis de ne pas perdre son calme et de ne pas laisser deviner qu'elle avait disparu. Malgré tout, sa visite surprit et alarma la patronne, qui lui dit le peu qu'elle savait : que la Chiqui avait quitté l'appartement, comme d'habitude, entre huit et neuf heures le samedi ; que le capitaine était parti un quart d'heure avant.

Aux Quatre-Nations, le concierge lui fournit des informations au sujet du capitaine : comme d'habitude, il était sorti de l'hôtel le matin, après avoir réglé sa note. De la Chiqui, il ne savait rien ; personne ne l'avait vue.

La Tacón appela Madrid de la cabine téléphonique, mais elle ne put avoir monsieur Peris, qui n'était pas dans son bureau. Elle parla avec son secrétaire, qui l'informa que monsieur Peris, absent de Madrid pour affaires, n'arriverait qu'en fin d'après-midi. Elle ne voulut pas donner de détails et le chargea seulement de demander à monsieur Peris qu'il lui téléphone à l'hôtel des Quatre-Nations le plus tôt possible.

La Tacón prit une chambre à l'hôtel et s'y fit servir un peu de charcuterie et de vin. A quatre heures de l'après-midi, elle descendit dans le hall pour appeler le bureau de monsieur Peris, avec si peu de réussite qu'en une demi-heure elle ne parvint pas à trouver un creux sur la ligne, constamment occupée. Monsieur Fayón lisait son journal, sans grand intérêt apparemment, et, entre deux allées et venues de la Tacón, ils échangèrent quelques paroles. Fayón lui demanda des nouvelles de sa jeune compagne, et même du capitaine, avec qui il l'avait vue lors d'une de ses premières — et de ses moins discrètes — fins de semaine à Región. La Tacón répondit de façon évasive et ils se mirent à parler du temps, du village et de l'été imminent, mais l'état de tension où se trouvait la femme ne put échapper à Fayón. On voyait qu'elle n'avait pas dormi ; contre son habitude, elle avait les cheveux dépeignés et retenus seulement par quelques épingles — les racines non teintes semblaient avoir accéléré leur croissance pour participer au désordre général —, elle n'était pas maquillée et son visage souffrait de cette boursouflure hyperémique que provoquent le manque de sommeil et l'abus du tabac.

Elle ne réussit à parler qu'avec le secrétaire, qui lui dit la même chose que le matin.

Enfin, vers huit heures du soir, elle put joindre Peris. Dans un premier temps, il n'accorda guère d'importance à l'événement et, après s'être assuré qu'ils pouvaient parler en toute tranquillité, il tenta de la persuader que Barceló — il l'appelait « Luis » ou « notre homme » — n'avait rien à voir dans cette histoire : il n'était pas assez fou pour revenir à Región, fût-ce pour la Chiqui. Pendant la conversation, Fayón entra dans le hall pour prendre son verre du soir ; il s'assit dans un fauteuil près de la cabine mais la Tacón, ne sachant pas si on l'entendait, ne baissa pas le ton de sa voix afin de ne pas alarmer Peris ; elle le pressa de retrouver Barceló, avec ou sans la Chiqui, pour qu'il se mît en contact avec elle. La Tacón lui donna le nom de la patronne et l'adresse de la rue Válgamedios ; Peris répondit par quelque chose comme : « Je vais voir ce qu'on peut faire », et la conversation se termina là ; Fayón n'avait pas perdu un mot de la dernière partie, notamment de ce qui concernait directement la Tacón.

Celle-ci décida de passer la nuit à l'hôtel, pour rappeler le lendemain et réfléchir d'abord tranquillement au plan à suivre. La Tacón savait doser à sa manière les moments d'emportement et les phases consacrées à la planification. Jusqu'alors, trois hypothèses seulement lui étaient venues à l'esprit : Barceló l'avait emmenée, le capitaine l'avait enlevée ou elle avait filé de son propre chef. C'est à la troisième qu'elle accordait le moins de crédit, peut-être parce qu'elle considérait que la Chiqui n'avait pas — encore — assez d'audace pour faire une chose pareille ; ni l'audace, ni l'argent, ni les relations. La première hypothèse était celle qu'elle redoutait le plus et, bien qu'elle ne voulût pas se l'avouer, celle qui présentait la plus grande vraisemblance ; se retrouver sans Barceló et sans la Chiqui ne constituait pas seulement une double blessure — et elle ne savait pas si elle pourrait la supporter — mais également quelque chose contre quoi elle ne voyait pas la façon de lutter... sinon par la colère. Quant à la seconde, c'était d'une certaine manière celle qui lui plaisait le plus, et, même, l'amusait plutôt. Elle ne la redoutait nullement, elle n'en éprouvait aucune inquiétude. Elle pressentait que, s'il en était ainsi, tout reviendrait bientôt sous son contrôle et qu'en plus elle pourrait se payer par quelque stimulante vengeance. Le capitaine, le capitaine..., il était frais, s'il avait fait quelque chose de ce genre. Pour toutes ces raisons, c'était cette seconde possibilité qu'elle envisageait avec le plus d'indulgence, et elle échafaudait déjà des machinations concrètes contre le capitaine quand le mardi matin — elle n'avait pas fermé l'œil de la nuit mais ne s'était pas non plus sentie aussi affligée que la nuit précédente, grâce à cet apaisement que procure la première ébauche d'une vengeance — elle posa le doigt sur le cadran pour inscrire le numéro du standard qui devait la mettre en communication avec le bureau de monsieur Peris.

C'est seulement à ce moment — l'index dans le trou du zéro — qu'elle se rappela Amaro et son fils. La disparition de la Chiqui les avait éclipsés à tel point que même en parlant la veille avec Peris elle ne s'était pas souvenue d'eux.

Cette fois, elle eut Peris du premier coup. Il lui sembla nerveux, agacé par ces deux appels si rapprochés. Il n'avait rien de nouveau à dire ; simplement, il était en train de penser à l'affaire et il donnerait des nouvelles quand il aurait pris une décision ; pour le moment, il ne pouvait pas dire où était Barceló. La Tacón le coupa, le calma et l'alarma successivement en quelques phrases. Elle lui demanda ce qui se passait avec Amaro ; avec Amaro, lui dit en gros Peris, tout était réglé ; la Tacón lui raconta brièvement l'entrevue, les dettes qu'il restait à payer, les menaces ; il ne restait aucune dette à payer, lui dit Peris, il avait payé scrupuleusement la somme convenue, tout était réglé ; la Tacón persista dans ses dires ; et l'autre commença à soupçonner quelque chantage. Quand il raccrocha, la Tacón se réconforta à l'idée qu'elle avait au moins réussi à l'inquiéter, qu'il allait prendre à l'affaire un intérêt plus grand que celui qu'il avait manifesté la veille et passerait bientôt à l'action, ne fût-ce que pour couper court à toute tentative d'extorsion.

Ce réconfort poussa la Tacón à négliger le rapt de la Chiqui par Amaro comme quatrième hypothèse envisageable, à égalité avec les trois autres. En dernier ressort, cette hypothèse-là s'apparentait plutôt à la seconde qu'à la première : Amaro ne lui faisait pas trop peur ; elle pourrait en venir à bout. Elle reconnaissait que, physiquement, il avait du caractère et sans doute aussi du cran, mais malgré tout ce n'était qu'un cave. La Tacón méprisait les caves : tout fortiches qu'ils étaient, ils ne pourraient jamais rivaliser avec l'un de ses hommes ; en rien.

Après être repassée par l'appartement de la rue Válgamedios afin d'expliquer à la patronne ce qu'elle devait faire au cas où il arriverait de Madrid quelqu'un ou quelque chose pour elle, la Tacón, assez fatiguée, décida de rentrer au Doria en taxi. Il y avait sur la place trois voitures : celle de Caldús, celle d'Amaro fils et une troisième.

La Tacón réfléchit et se décida pour le taxi d'Amaro fils, bien qu'il fût en seconde position, ce qui l'obligea à donner des explications à Caldús, lequel ne fut d'ailleurs pas convaincu. « A l'hôtel », indiqua-t-elle sèchement.

Dans le vestibule de l'hôtel, Fayón lisait un journal sans manifester de grandes marques d'intérêt. Elle le salua, lui dit qu'elle repartait, qu'elle reviendrait dans quelques jours, qu'elle aimerait beaucoup dîner avec lui prochainement ; Fayón l'accompagna jusqu'à la porte de l'hôtel, le journal à la main.

Quand ils furent dans la campagne, une fois passé l'Atelier Recio, elle entama la conversation avec le chauffeur de taxi.

« Vous pouvez dire à votre père que j'ai fait tout ce qu'il demandait. J'ai parlé aujourd'hui même avec Madrid au sujet de cette dette.

— Aujourd'hui ? On n'avait pas convenu qu'ils devaient être samedi dernier à la maison Zúñiga ? » demanda Amaro fils, tournant légèrement la tête pour se faire entendre.

« Ça n'a pas pu se faire avant. Monsieur Peris a été absent toute la semaine. » La Tacón se pencha en avant et tapota l'épaule du chauffeur de son index. « Mais Peris m'a dit que tous les comptes étaient réglés. Qu'il a payé jusqu'au dernier centime.

— Ce n'est pas ce que dit mon père. »

La Tacón s'appuya sur le dossier du siège, alluma une cigarette et lâcha une longue et ostensible bouffée.

« Eh bien, tâchez de vous mettre d'accord et de me ficher la paix, hein ? Vous direz ça à votre père. Qu'on me fiche la paix.

— Ils n'ont qu'à payer, dit Amaro fils.

— De toute façon, dit la Tacón, il m'a dit qu'il allait faire son enquête.

— Il n'y a pas d'enquête à faire ; il faut payer.

— Monsieur Peris doit savoir ce qu'il a à faire, dit la Tacón, imprimant à ses paroles un léger ton menaçant.

— Je pense bien qu'il le sait ; il doit payer. » Il déplaça un peu le rétroviseur et vit la Tacón faire une grimace en regardant le ciel à travers la vitre, l'air furieux.

« J'ai dit tout ce que j'avais à dire. Maintenant, dites-le à votre père. »

La Tacón s'endormit, pour se réveiller à quelques kilomètres du Doria. Quand le taxi prit tout droit au carrefour, elle aperçut le camion qui descendait par le chemin de San Mamud, soulevant derrière lui un nuage de poudre rouge. Au moment où ils se croisèrent, Amaro se serra sur le bas-côté et arrêta la voiture. Dans la cabine du camion, le capitaine était assis à côté du conducteur. A l'arrière, trois ou quatre soldats en treillis se penchèrent pour regarder et poussèrent quelques cris. L'un d'eux agita une bouteille qu'il tenait par le goulot.

« On va au fort », dit la Tacón.

Le chauffeur de taxi se retourna complètement, posant le bras sur le dossier.

« Au fort ? On ne va pas au Doria ?

— J'ai dit : au fort », dit la Tacón.

Amaro fils ne répliqua pas et démarra en direction du fort. Un peu plus tard, il s'arrêta de nouveau pour monter les vitres, car il entrait trop de poussière. La grosse chaleur commençait.

Il s'arrêta devant le grand portail ; la Tacón descendit de la voiture et, pour la première fois, peut-être par négligence mais peut-être aussi intentionnellement, elle tutoya le chauffeur :

« Attends-moi ici », dit-elle.

Elle patienta sous l'arc jusqu'à l'arrivée du caporal de garde.

« Je veux voir le colonel Olvera », dit la Tacón.

Le caporal de faction l'invita à passer au corps de garde, où il y avait un petit porche avec de l'ombre, un banc et une cruche d'eau, et envoya chercher le sergent.

XXIII

Le blond arriva à Región, en compagnie d'un autre, en milieu de semaine, avec des instructions très précises de monsieur Peris. L'important était qu'Amaro fermât la bouche une fois pour toutes. Il avait sur lui une somme d'argent — supérieure à celle qu'avait reçue Amaro pour sa contribution à la fuite de Barceló —, qu'il ne devait lui remettre qu'en échange d'un reçu. Si la démarche aboutissait, la remise de l'argent devait s'accompagner d'un avertissement qui détournât Amaro de toute velléité de récidive. Au cas où Amaro considérerait le dédommagement insuffisant, le blond et l'autre avaient également des consignes pour lui fermer la bouche d'une façon encore plus définitive.

Les instructions étaient précises mais les idées du blond pour les concrétiser l'étaient moins. Il ne voulait en aucune manière une confrontation avec Amaro sur son propre terrain ; monsieur Peris ne savait rien de ce qui s'était passé le dernier jour à la ferme, et Barceló non plus, peut-être.

En dehors de cela, monsieur Peris lui avait conseillé de donner un coup de main, en passant, à la Tacón et de tenter de localiser la Chiqui, sans y perdre trop de temps, juste ce qu'il fallait pour que cette femme se tranquillisât et lui fichât la paix. Le blond crut comprendre ce que voulait dire monsieur Peris et décida, si c'était possible, de faire d'une pierre deux coups. C'était son compagnon qui avait l'argent.

La première chose que fit le blond fut de prendre contact avec la Tacón par l'intermédiaire de la patronne de la rue Válgamedios. Le jour suivant, ils étaient au Doria. Ils trouvèrent la Tacón d'une humeur de chien parce qu'elle n'avait pas réussi à apprendre depuis le début de la semaine quoi que ce fût à propos de la Chiqui ; ni Amaro ni le colonel ne s'étaient montrés et Barceló ne donnait pas signe de vie ; en revanche, monsieur Peris lui envoyait deux inconnus, d'aspect plutôt minable.

Le blond voulut se débarrasser de la compagnie de l'autre, sans y parvenir. L'autre aussi était porteur d'instructions très précises de monsieur Peris.

La Tacón les reçut dans son salon, sans cesser de se balancer lentement dans son rocking-chair et de s'éventer la gorge ; elle était hors d'elle. Elle ne leur offrit rien à boire.

« Toi, tu t'occupes de tes affaires, petit, et moi des miennes », dit la Tacón.

Ni le blond ni l'autre ne mentionnèrent la somme dont ils disposaient.

« Toi, tu te charges de filer du fric à Amaro pour qu'il lâche la petite.

— Et s'il l'a pas ?

— S'il l'a pas, y a pas de fric.

— Et s'il lâche le morceau ?

— Pourquoi veux-tu qu'il lâche le morceau ? Pour qu'ils le foutent en cabane ? Tu sais pas ce que c'est qu'un cave, petit. C'est des trouillards. Et qu'est-ce qui peut arriver ? A moi, rien. A toi, ni vu ni connu. A Barceló, pas la peine d'en parler. Et à Peris ? Bon. Le seul à y laisser des plumes, ce serait Amaro lui-même.

— Si j'ai bien compris, on peut se barrer. On n'a rien à faire ici, dit l'autre.

— Et qu'est-ce que tu vas lui dire, en rentrant, à monsieur Peris ? Que c'est un con ? demanda le blond.

— Ce que vous devez faire, c'est retrouver la Chiqui, tout le reste c'est des conneries, dit la Tacón.

— C'est toi qui devrais t'en charger, Tacón.

— Moi ? Pourquoi moi ?

— C'est le plus simple et le plus naturel, dit le blond. En fin de compte, c'est à toi qu'il a enlevé la petite. Tu l'appelles et tu lui dis : Amaro, j'ai reçu l'argent. Tu me remets la petite et moi je te remets l'argent. Pas d'intermédiaires ni rien. C'est le plus simple. »

La Tacón réfléchit.

« Et s'il l'a pas ?

— Tu l'as déjà dit : s'il l'a pas, y a pas de fric. Mais je parie n'importe quoi qu'il se débrouillera pour te la donner en échange du fric. Ce type aime le fric. Tu vois pas qu'il fait tout pour le fric ? »

L'autre demeurait silencieux, mais son silence valait approbation.

« Il m'a dit qu'il voulait voir Peris. Que Peris devait aller le voir. La seule chose dont il m'a chargée, c'est de dire à Peris qu'il aille le voir.

— Merde, moi aussi je veux que Peris vienne me voir. Et si possible le carnet de chèques à la main, qu'est-ce que tu crois ! »

L'autre intervint :

« En aucun cas monsieur Peris ne reviendra par ici. Je peux l'assurer.

— Alors son représentant, ou autre chose », répliqua la Tacón.

Le blond essaya de calmer les esprits.

« Penses-y, Tacón, le plus logique c'est ce qu'on est en train de te dire. Tu lui donnes rendez-vous ici et tu lui dis que tu as le fric, et que tu es prête à le lâcher en échange de la Chiqui. Et l'affaire est réglée.

— Je ne crois pas qu'il voudra venir ici. Ces gens-là ne se fient à personne. »

Le blond bondit.

« Mais enfin, merde, il est bien déjà venu une fois ! Et avec des menaces. Dans une maison où il y a trois femmes et un boiteux. Pourquoi il ne voudrait pas venir ici ? Il n'est pas venu d'autres fois, peut-être ?

— En plus, dit la Tacón, je ne veux pas d'histoires chez moi. J'ai déjà assez de problèmes comme ça.

— Ah oui ? Et où est-ce que les histoires ont commencé, tu peux me le dire ? Qui est-ce qui a débarqué sans rien demander ? Qui est-ce qui a dit à Peris qu'il y avait une façon de le faire sortir, qui est-ce qui a parlé en premier de l'affaire Chaflán ? » demanda l'autre, sur le point de perdre son calme.

La Tacón se tut. Le blond reprit l'attaque.

« C'est pas la peine de te fatiguer, c'est tout à fait clair. Si tu veux récupérer la Chiqui, il faut que tu fasses ce qu'on te dit. Je t'assure, c'est le plus simple.

— Et le plus rapide, dit l'autre.

— Demain la Chiqui peut être ici », dit le blond.

La Tacón fit une longue pause tout en tripotant

sa cigarette qu'elle n'avait pas encore allumée. Elle l'ajusta finalement dans le fume-cigarette, l'alluma, expulsa une longue bouffée et fit tomber dans le cendrier, par petits coups nerveux et rapides, le peu de cendre qui s'était formée au bout.

« D'accord.

— D'accord, hein ?

— Oui, d'accord, d'accord. Où est l'argent ?

— Je le garderai jusqu'au moment où on lui remettra, dit l'autre. Ce sont les instructions que j'ai.

— Il y a combien ? demanda la Tacón.

— Plus que ce qu'il a reçu avant.

— Combien ? insista la Tacón.

— Près de cinquante. »

Le blond regarda l'autre avec une certaine surprise. « Cinquante ? C'est trop, dit la Tacón. Il faudra commencer par offrir moins.

— L'important, c'est de liquider l'affaire définitivement », dit l'autre.

Après avoir cédé, la Tacón reprit l'initiative.

« Amène le fric. »

L'autre résista.

« C'est pas les instructions. En plus, je l'ai pas sur moi.

— Va te faire foutre avec tes instructions, dit la Tacón, dis-le de ma part à monsieur Peris. Si tu veux que j'appelle Amaro, tu peux commencer par lâcher le fric. »

L'autre resta indécis, et le blond lui adressa du menton un geste comminatoire. L'autre sortit de la poche intérieure de sa veste une grosse enveloppe, attachée avec un élastique en croix, qu'il déposa sur la table. La Tacón se leva, prit l'enveloppe, la soupesa et l'emporta dans sa chambre. Quand elle réapparut, le blond lui dit, désignant une feuille pliée sur la table :

« N'oublie pas qu'il te signe le reçu.

— Le reçu. Joli reçu », dit la Tacón.

Debout, elle alluma une autre cigarette ; elle arrangea son décolleté, renoua la ceinture de sa robe de chambre. Une fois son plan accepté, rien ne lui plaisait davantage que de pouvoir à nouveau donner des ordres. Elle paraissait confiante, presque satisfaite.

« Maintenant, vous partez tout de suite. Cet après-midi tu dis à Amaro, celui du taxi, que demain j'attends son père ici avec la Chiqui. Ne lui dis pas combien il y a. Ça, je m'en charge. Et s'il reste quelque chose, on verra à ce moment-là, compris ? »

XXIV

Le lendemain de la mort de Tinacia, le docteur Sebastián arriva à la maison Mazón, en compagnie de Fayón, dans le taxi de Caldús. La veille, ils n'avaient pu trouver Amaro fils de tout l'après-midi.

Le docteur rédigea le certificat de décès.

« Arrêt du cœur, c'est toujours ce qu'on dit dans ces cas-là. »

Tinacia était morte assise dans son fauteuil, après un dîner frugal, face à la fenêtre ouverte du salon. Curieusement, le fauteuil — un fauteuil assez lourd — avait été placé face à la fenêtre, et c'est ainsi que la trouva la mort, les yeux ouverts — ses petits yeux gris ouverts pour toujours, après que le docteur eut inutilement essayé de baisser les paupières, comme si dans les derniers moments la défunte avait accumulé assez d'énergie pour contrevenir aux intentions de son ami — et les mains appuyées avec sérénité sur les bras du fauteuil, regardant la campagne.

On l'enterra sur place, dans une fosse que creusèrent des hommes d'El Salvador, assez profonde. Aucun de ses parents — des neveux qui restèrent à Región à discuter sur la pire façon de se répartir les deux propriétés pour se maintenir dans la misère — n'assista aux funérailles et il n'y eut aucune sorte de cérémonie religieuse, parce que ce jour-là le prêtre n'était pas en état de quitter sa cure. Elle fut enterrée sans cercueil, son corps placé sur trois planches assemblées et enveloppé dans un drap blanc que personne ne pensa à nouer. On la descendit avec précaution mais, lors du dernier mouvement, son corps fut sur le point de glisser des planches et ses pieds joints apparurent, chaussés de souliers presque neufs, d'un modèle assez ancien, noirs, avec une lanière attachée par des boutons brillants qui semblaient regarder par où ils pourraient échapper à leur sort. Antonio et un ouvrier avaient chacun une pelle et le docteur en prit une autre. Avant de jeter la première pelletée, le docteur dit :

« Que la terre te protège, Tinacia. »

Puis il jeta la première pelletée, avec si peu de bonheur que la plus grande partie de la terre dut tomber sur le cou de la défunte, le drap glissa et il en dépassa la tête, la chevelure blanche et lisse, le front étroit et les yeux gris ouverts, tout le corps comme plongé dans la profonde anesthésie qui suit une longue opération.

« Quel regard ! dit Fayón. Elle devrait pouvoir revivre.

— Descends arranger ça, toi », dit le docteur.

L'homme descendit à la force du poignet le long des parois de la fosse, dont il toucha le fond en écartant les jambes pour ne pas marcher sur le cadavre.

« Arrange le drap », dit le docteur.

Antonio chargea une pelle et la tendit à l'homme en la maintenant horizontale. Il répéta l'opération plusieurs fois de suite.

« Maintenant, sur les pieds. Répartis-la sur tout le corps. »

Quand il eut recouvert le cadavre d'une mince couche de terre assez uniforme, l'homme remonta à la force du poignet. Antonio et lui, chacun d'un côté de la fosse, se mirent alors à la combler par de rapides pelletées qui tombaient à un rythme constant ; leurs pelletées respectives avaient pourtant un son propre, comme les deux coups différents d'un même balancier. Ils n'avaient pas rempli la moitié de la fosse lorsque Antonio s'arrêta et se redressa. Il transpirait et se passa la main sur le front. L'autre continua. Fayón recula pour se retirer vers la maison. Antonio dit à l'autre :

« Attends, arrête-toi là. »

L'homme s'arrêta à son tour, planta la pelle dans le tas de terre et appuya les avant-bras sur le manche.

« Ça va comme ça, dit Antonio.

— Ça va comme ça ? demanda le docteur. Tu ne vas pas la remplir jusqu'en haut ?

— Non, dit Antonio.

— Tu vas la laisser comme ça ? demanda le docteur.

— Oui, dit Antonio. Comme ça, il y a de la place pour un autre. Ce n'est pas la peine de faire le travail deux fois. »

Dans le salon, Fayón marchait de long en large.

« Je ne crois pas qu'elle ait pu bouger le fauteuil, dit-il. Regarde ce qu'il pèse. Et elle n'avait aucune force, elle pouvait à peine soulever sa canne.

— Alors, c'est qu'on le lui a bougé, dit le docteur.

— Et qui donc ?

— Antonio, qui veux-tu que ce soit ?

— Et il l'a bougé quand elle était encore vivante, ou morte ? demanda Fayón.

— Qu'est-ce que ça peut faire ? On s'en va ? demanda le docteur. Il se fait tard. »

L'homme s'éloignait par le chemin de la maison, les deux pelles sur l'épaule. Antonio était resté au milieu de l'ancien parterre, les bras ballants.

« Antonio, te voilà à nouveau seul », dit le docteur.

Antonio leva un regard vaguement énigmatique.

« Seul et à la porte, dit-il.

— Allez, va dormir un peu », suggéra le docteur.

Antonio leva les sourcils, dans un geste d'acteur comique, mais ne prononça pas un mot.

« Antonio, demanda Fayón, c'est toi qui as bougé le fauteuil de Tinacia ?

— Évidemment.

— Et pour quoi faire ? demanda le docteur.

— Pour quoi voulez-vous que ce soit ? Elle ne pouvait pas le faire. Alors, qui d'autre pouvait le faire ?

— Antonio... » Le docteur hésita, il n'osait pas continuer. Il fit deux pas dans le chemin, Fayón était devant. Soudain, il revint sur ses pas et lâcha la question : « Antonio, elle était déjà morte quand tu as bougé le fauteuil ? Ou tu l'as fait avant qu'elle meure ?

— Elle allait mourir, dit Antonio. C'était la fin. »

Quand ils furent dans la voiture, de retour vers Región où le docteur avait été invité par son ami, Fayón dit :

« Ce que je voulais te dire, c'est qu'il s'est produit des choses assez pittoresques. Le cœur de l'affaire, je ne sais pas où il est, mais cette femme n'y est pas étrangère du tout. La seule chose qu'elle veut, c'est probablement récupérer son amant, et il y a quelqu'un qui est en train d'y mettre le prix. Ce prix, ce doit être Medina.

— Medina ? Le capitaine ? Le prix ?

— Oui. Medina est gênant. Je ne sais pas très bien pour qui mais je suis sûr qu'il est gênant. Pendant des années il s'est fait le champion de la justice et il sait des choses. Ce colonel Olvera, que personne n'a jamais vu, il se trouve que c'est un parent éloigné de Chaflán, et ça, Medina le sait.

— Et qu'est-ce qu'il y a de mal à savoir ça ? Vous, les journalistes, vous êtes terribles. Si vous ne voyez pas des intrigues partout, vous n'êtes pas contents, dit le docteur.

— Écoute, Medina a beaucoup de temps libre et il l'emploie en majeure partie à faire justice. Entre autres choses, Medina connaît son Code civil comme ça — Fayón frotta le bout du pouce droit contre les quatre autres doigts — et il fait office de conseiller. Tu sais ce que c'est que le retrait ?

— Non, dit le docteur.

— Bon, eh bien, on peut compter par douzaines les fois où Medina est intervenu pour dire à un paysan : “Ne fais pas ça, fais bien attention, tu vas te faire avoir, c'est ça que tu devrais faire. Ne vends pas.”

— Aux paysans ? Tu parles qu'ils se laissent avoir !

— Plus que tu ne le crois, parce que, quand ils voient trois sous, sur une terre qui ne produit rien depuis un siècle, ils perdent la tête. Je ne sais pas pourquoi, à l'intérieur de la hiérarchie militaire, il y a quelqu'un qui s'entête à ne pas bouger Medina pour le moment et quelqu'un d'autre qui s'entête à faire disparaître Medina. Il faut que je me renseigne sur tout ça — et comment ! Ils lui ont jeté plusieurs hameçons mais jusqu'à présent il n'y a pas mordu ; le dernier, c'est celui du Doria. Ils ont amené la Tacón pour l'embobiner mais elle n'a pas réussi ; alors, un tour de vis de plus. Ils ont enlevé son amant, et qu'est-ce qui s'est passé ? Pour la première fois, Medina n'est pas capable de le retrouver. Maintenant, la femme demande à grands cris qu'on le lui rende et quelqu'un, de Región ou de Madrid, est en train de mettre la tête de l'homme à prix. Tu savais qu'ils lui ont aussi enlevé la fille, cette gosse qui ne se séparait jamais d'elle et dont on parlait tant ? Au cas où j'aurais eu des doutes, j'ai entendu l'autre jour une conversation téléphonique de la Tacón avec Madrid : une merveille. Tu savais qu'Amaro était mêlé à l'histoire de l'évasion ?

— Amaro ? Amaro fils ? demanda le docteur.

— Non, Amaro père. Oui, Amaro père.

— Tu es sûr ?

— Ce n'est pas que je suis sûr ; je le sais.

— Alex, dans ce cas, les choses sont plus que pittoresques.

— Je ne sais pas ce que tu veux dire, Daniel, dit Fayón.

— Qu'elles ne sont pas seulement pittoresques ; elles sont plus que ça.

— Quoi de plus ?

— Ce sont des crimes, dit le docteur.

— Des crimes ? Quelle sorte de crimes ?

— Eh bien, de la pire sorte ; tu peux imaginer.

— Je ne sais pas ce que tu veux dire, dit Fayón.

— Je t'en prie, Alex.

— Je ne te suis plus, Daniel. Que le général Cavalcanti tombe mort si je te suis.

— J'ai promis de ne pas le dire.

— Mais qu'est-ce que tu sais, au juste ?

— Jure-moi que tu ne le diras à personne. Sur tout ce que tu as de plus cher, jure-moi que tu le garderas pour toi. Fais ce que tu voudras de ce que je te dis mais, s'il te plaît, jure-moi que tu ne le diras à personne. C'est une affaire sérieuse.

— Je t'en prie, Daniel, pour qui me prends-tu ?

— La fille d'Amaro a été violée le mois dernier. Maintenant que j'y pense, je crois que c'était au moment de l'évasion. »

Fayón ne trouva qu'une chose à dire :

« Nom de Dieu ! »

XXV

« Tu peux le garder, dit Amaro. Je ne veux pas de cet argent. »

La Tacón ne cessa pas de se balancer ni de s'éventer, réglant son regard sur Amaro selon le mouvement du rocking-chair.

« Le voilà, dit la Tacón en indiquant l'enveloppe, nettement moins épaisse que quand elle l'avait reçue. Ce n'était pas ça que tu voulais ?

— Non. »

Dans un élan de colère, la Tacón se leva d'un seul coup du rocking-chair, qui continua à se balancer à un rythme plus rapide et plus sonore.

« Alors, qu'est-ce qu'on avait convenu, merde ! J'ai peut-être une tête d'imbécile ? Tu vas pas te payer ma tête, hein ! On voit que tu me connais pas ! J'aime pas qu'on se paie ma tête ! Tu voulais pas l'argent ? Eh bien, le voilà, nom de Dieu ! Amène la Chiqui et tu peux l'emporter. Et surtout ne remets plus les pieds ici ! »

Amaro ne perdit pas contenance.

« Tu peux garder cet argent. Je n'en veux pas.

— Qu'est-ce que tu veux alors, nom de Dieu ?

Tu peux pas le dire, une fois pour toutes ? Qu'est-ce que tu veux ? »

Amaro répondit avec calme :

« L'homme qui te l'a apporté. »

La Tacón reprit place dans le rocking-chair. Elle semblait soulagée, allégée du poids d'une intolérable incertitude.

« Personne ne me l'a apporté.

— Comment il t'est arrivé ?

— On me l'a envoyé par mandat postal. »

Amaro prit l'enveloppe et l'examina sur les deux faces. Il la reposa sur la table.

« Ne raconte pas d'histoires. Ça ne t'est pas arrivé par mandat postal. On te l'a remis de la main à la main.

— C'est un garçon de courses qui me l'a apporté, dit la Tacón, une Tacón qui avait envie de jouer. Un garçon de courses du bureau de monsieur Peris.

— Où est-il ?

— Qui ? Le garçon de courses ? Il est reparti en métro. Il allait peut-être rester ici, pour bavarder un moment avec toi ? De chevaux, pauvre imbécile ? Qu'est-ce que t'en dis ? » La Tacón rit de ses propres paroles. « Tu aimes bien les garçons de courses, pas vrai ?

— Finis-en une bonne fois, dit Amaro, ou c'est moi qui en finis.

— Allez, amène la Chiqui et prends cet argent. Finis-en une bonne fois, c'est bien ce que je dis. Et ne nous casse pas les pieds.

— Ne nous casse pas les pieds, répéta Amaro. Tu veux revoir la Chiqui entière ? »

La manière dont il le dit ne laissa pas à la Tacón la moindre chance de continuer à plaisanter.

« Alors, poursuivit Amaro, dis à celui qui l'a apporté qu'il se présente ici.

— Je ne veux pas d'histoires chez moi. J'ai assez de problèmes comme ça.

— Dis-lui qu'il se présente ici. Si ce que tu veux c'est revoir la Chiqui. »

La Tacón sembla faire un calcul, comme si elle envisageait pour la première fois de conclure une transaction très importante.

« Et s'il ne veut pas venir ?

— Tu te retrouves sans la Chiqui.

— Mais tu es fou ? » La Tacón livrait un baroud d'honneur. « Et qu'est-ce qui m'assure qu'il va venir ?

— Tu te débrouilleras bien. »

Elle essaya une tactique différente.

« Tu sais, il n'est pas né de la dernière pluie, le gamin.

— Je ne sais rien, dit Amaro.

— Et s'ils viennent à deux ? demanda la Tacón.

— Encore mieux », dit Amaro.

La Tacón se laissa gagner par son envie de diriger les événements. Cet appétit de commandement était peut-être un de ses rares points faibles. C'était, dans la recherche de son profit, l'élément qui s'imposait d'emblée ; elle ne pouvait jamais lui résister.

Elle se rendit dans sa chambre, d'où elle revint un papier à la main, qu'elle déposa sur la table.

« Signe là.

— Qu'est-ce que c'est que ça ? demanda Amaro.

— Signe et ne fais pas d'histoires. » La Tacón, maîtresse d'elle-même dans les limites auxquelles elle avait été réduite, reprit dans les mêmes termes : « Si tu veux que cet homme vienne, signe là. »

Amaro inclina la tête jusqu'à la placer à quelques

centimètres du papier, qu'il réussit à lire sans y rien comprendre.

« Signe là et ne fais pas d'histoires, répéta la Tacón.

— Où ? demanda Amaro.

— Là, en bas du document, dit la Tacón.

— Où c'est marqué "A Región", attends, le je ne sais combien de juillet, attends voir, mille neuf cent cinquante et quelques ?

— Oui, là ; signe là, dit la Tacón en allumant une cigarette et en croisant les jambes.

— Il n'y a pas de place, dit Amaro.

— Comment, il n'y a pas de place ?

— Sur le document.

— Fais voir. » La Tacón se leva, intriguée, et s'approcha pour regarder le papier. « Comment, il n'y a pas de place ? Signe là, là », dit-elle, en indiquant avec l'ongle verni de son index la partie laissée en blanc, au bas de la feuille.

« Sous le document ? demanda Amaro.

— Mais non, voyons : ici, ici, indiqua de nouveau la Tacón.

— Eh bien, c'est ça, dit Amaro, sous le document. »

La Tacón se transforma en maîtresse d'école.

« Mais non, voyons ; que je t'explique, le document c'est tout ça, le texte et le reste.

— Quel reste ? demanda Amaro.

— Eh bien, ça, dit la Tacón, le document.

— Ah oui, dit Amaro.

— Allez, signe, idiot ; signe une bonne fois, dit la Tacón.

— Comment ? demanda Amaro. Avec mon nom de baptême ?

— Avec lequel veux-tu signer ? demanda la Tacón.

— Je veux dire : avec mon nom de baptême ou avec celui du document ? »

Rosario Vicente, la Tacón, réfléchit.

« Je crois qu'il vaut mieux que tu signes avec le nom du document.

— Bon », dit Amaro, et il s'apprêta à signer avec un stylo-bille.

La Tacón s'approcha de lui et lui mit une main sur l'épaule.

« Toi, tu préfères avec lequel ? demanda-t-elle.

— Tu sais, dit Amaro, le stylo-bille en l'air, pour ce qui est de préférer, je préfère le faire avec le nom de baptême. »

La Tacón lui assena une tape sonore sur l'épaule, se retourna et, appuyant les fesses et les mains sur le bord de la table, elle lâcha une bouffée volumineuse.

« Eh bien, signe avec ton nom de baptême, nom de Dieu ! » lui conseilla-t-elle, combinant une certaine familiarité avec un vague appel à sa virilité. Elle regarda de nouveau le papier et posa la main sur l'épaule d'Amaro.

« Quel est ton nom de baptême ? lui demanda-t-elle.

— Amaro, dit Amaro.

— Et celui du document ?

— Amaro. »

La Tacón se retourna, revenant à un ton plus réflexif que passionné. Elle aspira une autre profonde bouffée.

« Tout bien réfléchi, dit-elle en exhalant la fumée, je crois qu'il vaut mieux que tu signes avec le nom du document. »

Amaro signa.

La voiture s'arrêta au croisement. Le petit descendit le premier et celui qui conduisait descendit ensuite, après avoir fermé les portières et regardé à travers les vitres s'il n'avait rien oublié et si tout était en ordre. Le petit se frotta les mains et se mit à marcher en direction du Doria. L'autre l'appela.

Amaro surgit à l'angle, le fusil sous le bras, pointé vers le sol. Le petit ne le vit pas tout de suite et continua à marcher dans sa direction ; à mesure qu'il avançait, le canon du fusil d'Amaro se redressait, comme tiré par un fil invisible attaché à la main du blond.

L'autre cria et le blond s'arrêta.

Le blond s'arrêta, fit un bond en arrière et mit la main dans sa poche. Une pierre de la taille d'un poing le frappa en plein visage, il perdit l'équilibre et tomba sur le bras droit, la main dans la poche. L'autre se mit à courir et se réfugia derrière la voiture. Les chevrotines du premier coup de feu d'Amaro cassèrent la vitre arrière et rebondirent sur la capote. Le second coup atteignit la cuisse gauche du blond. Il posa le pied sur son bras et, avec le fusil, fit un signe en direction de la voiture. L'autre, à quatre pattes, avait réussi à ouvrir la portière et, tout recroquevillé, il démarra sans embrayer complètement, laissant derrière lui un nuage de poudre rouge.

L'ouvrier tordit les bras du blond dans son dos. Celui-ci avait une joue toute rouge, un trou à son pantalon, et un petit pistolet de 6 mm était tombé par terre. Ils le traînèrent jusqu'à la côte et l'attachèrent au tronc d'un chêne que ses bras entourèrent par-derrière. Il ne voulait pas regarder.

Amaro s'approcha, le fusil dans la main gauche, en faisant sauter en l'air le petit pistolet.

« Ça ne marche pas, dit Amaro.

— Enlève la sûreté », dit son fils.

Amaro n'y arrivait pas.

« Il faut introduire la balle dans le magasin, dit le blond, comme s'il voulait éviter qu'on ne le maltraitât. Maintenant, abaisse le chien. »

Ce que fit Amaro.

« Il contient combien de balles ?

— Six », dit le blond, non sans une certaine fierté.

Amaro tira en direction du maquis, le bras tendu. On entendit le bruit d'un ressort amortisseur, et, d'une yeuse toute proche, sauta un éclat d'écorce.

« Maintenant, il en reste cinq ; la deuxième est pour toi, petit gars », dit Amaro.

Le blond tourna la tête pour ne pas voir. Amaro lui mit la pointe du canon sous le menton et l'autre tordit un peu plus le cou jusqu'à se toucher l'épaule avec le menton. Amaro baissa la main et le blond remit sa tête de face, regardant à la dérobée. Amaro tira ; le ressort grinça de nouveau et sur la tête du blond surgit une mèche d'enfant espiègle, tachetée de blanc et de rouge. Ses yeux roulèrent puis se collèrent au nez en louchant, presque tangents, comme les boules d'un billard mécanique logées dans leur alvéole à la fin de la partie.

« Amène la voiture, dit Amaro à son fils. Sors la fille et commence à mettre celui-là dans le coffre.

— Chef, dit l'ouvrier.

— La ferme ! dit Amaro.

— Chef, continua l'ouvrier, vous avez vu un peu les chaussures qu'il a, le type ?

— Eh bien, emporte-les », dit Amaro, qui se dirigeait déjà vers le Doria.

La Chiqui avait aux pieds de vieilles espadrilles

trop grandes pour elle, elle portait une jupe de percale très usée et toujours le même chemisier écarlate. Bien que ses joues fussent brunies, son visage, soumis au processus inverse de celui du développement, avait perdu de son relief.

« Allez, entre », dit la Tacón.

Amaro se retourna vers le chemin pour attendre la voiture.

« Alors ? demanda la Tacón. Tu n'as pas voulu la garder ? Ça fait beaucoup pour toi tout seul, hein ? »

Amaro la regarda avec dégoût. La voiture s'arrêta, Amaro fils au volant et, sur le siège arrière, l'ouvrier, regardant ses pieds.

« J'ai déjà une idiote ; je ne vais pas en plus me mettre une putain sur les bras », dit Amaro.

La Tacón ferma la porte d'un coup. La Chiqui était toujours debout.

« Qu'est-ce que tu fais là ? »

La Chiqui ne répondit pas. La Tacón introduisit une cigarette dans son fume-cigarette et y appliqua la flamme de son briquet en or, regardant alternativement l'extrémité rougeoyante et la Chiqui. En même temps que la première bouffée, elle expédia à la Chiqui un revers de main sur la joue.

« Qu'est-ce que tu fais là, espèce d'emmerdeuse ? Va t'arranger. Tu ne vois pas l'heure qu'il est ? On devrait déjà être là-bas. »

XXVI

Le capitaine ne put réprimer sa surprise quand il trouva la Tacón dans le petit salon de l'appartement de la rue Válgamedios. La Chiqui avait le visage bruni et son aspect s'était complètement transformé : elle était habillée comme une fille bien, un peu campagnarde, et était à peine maquillée.

« Asseyez-vous, commandant, asseyez-vous. Vous ne vous attendiez pas à me voir. »

Le capitaine s'assit dans le même petit fauteuil de toujours, qui lui était réservé. Pendant que la Tacón parlait, la Chiqui regardait vers le balcon à travers la fente de la persienne qui laissait voir un peu de rue et de ciel.

« J'ai préféré l'accompagner, dit la Tacón. Bien qu'elle n'en ait pas l'air, elle est si timide qu'elle n'aurait pas osé. Elle a beaucoup de respect pour vous, commandant, beaucoup. Je ne sais pas ce que vous lui avez fait. Vous me l'avez changée. Quand elle me l'a dit, je l'ai envoyée à la campagne, chez des amis. Ma fille, va à la campagne, repose-toi et ne t'inquiète plus, tout s'arrange dans cette vie. »

La Tacón saisit le menton de la Chiqui et lui tourna la tête de face, légèrement levée. La Chiqui manquait totalement d'expression, comme une petite fille devant le médecin pendant que sa mère débite toutes les explications.

« Regardez la tête qu'elle a, la pauvre. »

La Chiqui tourna les yeux vers la fenêtre.

« Dis donc, tu ne vas pas te remettre à pleurer ! » cria la Tacón en changeant de ton.

Le capitaine posa la main sur le genou de la Chiqui.

« Qu'est-ce qui se passe, Chiqui ?

— Eh bien, il se passe qu'elle pleure toutes les nuits. Et moi je lui dis : Allons, ma fille, tout s'arrange dans cette vie. On ira voir le commandant, toutes les deux ensemble. Elle ne voulait pas venir ; elle a son caractère et elle a beaucoup de respect pour vous. Et alors, nous voilà. »

La Tacón alluma une cigarette, croisa les jambes et tira légèrement sa robe rouge au-dessus du genou.

« Mais qu'est-ce qui se passe, Chiqui, il t'est arrivé quelque chose ? demanda le capitaine.

— Il se passe, dit la Tacón, qu'elle est enceinte. »

Le capitaine demeura confondu, puis, quand il le put, s'avança sur le bord de son siège.

« Comment ?

— Comme vous l'entendez, dit la Tacón, envoyant la fumée vers le plafond. Enceinte. En-cein-te.

— C'est vrai, ça, Chiqui ? »

Le capitaine voulut poser deux doigts sur sa joue, mais la Chiqui le repoussa, d'un brusque mouvement de tête, en regardant vers la fenêtre.

« Ce n'est peut-être pas vrai ! dit la Tacón. Vous croyez peut-être que j'ai envie de plaisanter ?

— Mais...

— Il n'y a pas de mais ; ça fait deux fois qu'elle n'a pas ses règles, alors, vous comprenez. Vous ne voyez pas la pauvre mine qu'elle a ? La nuit, elle ne ferme pas l'œil et, la journée, elle la passe à pleurer. Comment voulez-vous qu'elle soit ? Mais moi je lui ai dit : Chiqui, ne t'inquiète pas. Ton commandant est un monsieur et, ces choses-là, il n'y a qu'une façon de les arranger. Quand on est un monsieur, on est un monsieur. »

Le capitaine se leva. Il regarda la Tacón, mais son œil tourna. Il corrigea le parallélisme et dirigea son regard vers la Chiqui, qui ne le lui rendit pas.

« Tu ne dis rien, Chiqui ?

— Elle, qu'est-ce qu'elle peut dire ? Elle a assez avec ce qu'elle a, qu'est-ce que vous voulez que je vous dise ? C'est qu'elle se voit l'épouse d'un commandant et il faut qu'elle se fasse à l'idée. Vous ne voyez pas que c'est encore une petite fille, notre Chiqui ? Il faut que vous vous fassiez tous les deux à l'idée, qu'est-ce que vous voulez que je vous dise ! Les choses viennent comme elles viennent. »

Le capitaine s'approcha du balcon ; d'un geste las, il écarta un peu la persienne, et il se fit dans le salon une plus grande clarté. Il se retourna vers la Chiqui, qui de nouveau détourna le regard.

« Mais toi, tu ne dis rien. » Il fit un pas vers la Tacón avec une certaine résolution et commença une question : « Et comment vous savez... ? »

La Tacón devina la suite et l'interrompit.

« Attention à ce que vous allez dire, commandant, attention. Ma Chiqui c'est ma Chiqui et ici personne n'a manqué à personne. Attention, il ne faut pas confondre. Moi, je sais très bien qui est ma Chiqui et ici on ne court pas deux lièvres à la fois, commandant. Alors, faites très attention à vos paroles. »

Le capitaine alla vers la porte vitrée du petit salon et l'entrouvrit.

« Vous pouvez nous laisser un moment seuls ? » demanda-t-il à la Tacón.

La Tacón écrasa sa cigarette dans le cendrier, souffla dans le fume-cigarette, qu'elle rangea ensuite dans le sac blanc, saisit celui-ci et, avant de se lever, fit une caresse à la Chiqui.

« Allez, ma fille, relève cette tête. »

Quand ils furent seuls, le capitaine s'assit près de la Chiqui, qui, sur le bord du divan-lit, persistait à lui tourner le dos.

« Allez, Chiqui, regarde-moi. »

Forcée par sa main, la Chiqui le regarda, sans expression. Dès que le capitaine eut baissé la main, son regard revint vers le balcon.

« Comment tu te sens ? »

Elle haussa les épaules. Elle n'avait pas encore ouvert la bouche.

« C'est vrai, tout ça ? C'est vrai que tu es enceinte ? »

La Chiqui refit un geste affirmatif de la tête ; elle n'ouvrit pas la bouche.

Le capitaine se leva. Il arpenta la pièce — trois pas dans un sens, trois pas dans l'autre —, les mains dans le dos ; avec le poing de la main gauche, il frappait bruyamment la paume ouverte de la main droite.

Il s'arrêta et dit :

« Elle a raison. Tout s'arrangera ; tout s'arrange dans cette vie. Tu n'as pas à t'inquiéter ; tout s'arrangera. »

En un instant le capitaine avait adopté une humeur plus martiale ; il bomba même un peu le torse.

« Tout s'arrange », répéta-t-il.

Il se pencha sur elle, lui donna un baiser timide

sur la tempe et sortit, en prenant soin de refermer la porte vitrée.

Il passa devant les deux amis, sans leur accorder plus qu'un léger hochement de tête, et alla droit au portier demander la clé de sa chambre. Il monta les marches deux à deux.

« Notre homme est pressé », dit Fayón.

Le docteur ne répondit pas. Ça ne devait pas l'intéresser beaucoup. Son ami avait toujours les yeux fixés sur l'escalier.

« Il y a là une affaire de terrains, ceux de la plaine, dit Fayón, que cet homme doit connaître. Il doit être mêlé à ça d'une façon quelconque. Ces terrains vont prendre beaucoup de valeur, surtout les marais qui sont en bordure de route de part et d'autre du pont. C'est la seule direction dans laquelle Región peut se développer.

— Región, se développer ? Pour quoi faire ? Comment veux-tu que Región se développe ?

— Un jour ou l'autre Región se développera et ce sera par là. Ne crois pas que les gens ne pensent pas à tout. Moi, je crois qu'Olvera, cet homme que personne n'a jamais vu, est aussi mêlé à ça, en cheville avec Chaflán. Ils ont voulu les acheter au rabais, comme ils veulent tout faire par ici, et ils sont tombés sur des propriétaires qui savent plus ou moins ce que valent leurs terres. Ça ne m'étonnerait pas que Medina leur ait ouvert les yeux et qu'il se soit mis en relation avec une société immobilière de Madrid, prête à payer le prix nécessaire. Il faut que je me renseigne là-dessus. Et sur le fait que Medina doit être quelque chose comme son agent. Tu sais bien que la solde, ça ne va pas loin. »

Le capitaine Medina redescendit avec une petite mallette de cuir et demanda sa note au patron, qui tapait sur une machine Remington, derrière le comptoir. Le patron ôta ses lunettes et le regarda avec surprise.

« Vous ne restez pas cette nuit, mon capitaine ?

— Non ; je dois être de retour à San Mamud dans l'après-midi.

— Il est arrivé quelque chose ? demanda le patron.

— Non, non, rien, répondit Medina ; les aléas du service.

— La milice », dit le patron.

Pendant qu'il attendait sa note, Fayón s'approcha.

« Vous ne restez pas le samedi soir, capitaine ? » demanda-t-il.

Medina poussa un soupir.

« Non ; je dois être de retour au fort.

— Beaucoup de travail ? demanda Fayón, voulant revêtir sa question d'un certain vernis ironique.

— Affaires de service », répondit Medina, impatient de recevoir une facture dont le patron vérifia le montant plusieurs fois de suite, à laquelle il apposa un tampon et ajouta un timbre-quittance sur la ligne pointillée, qu'il sépara du bloc en tirant dessus avec grand soin jusqu'à ce qu'il arrivât au timbre, qu'il découpa suivant le pointillé à l'aide de grands ciseaux extraits du tiroir de la petite table sur laquelle il tapait, qu'il posa sur le comptoir pendant qu'il embrochait le double jaune citron sur une pointe verticale où d'autres étaient déjà enfilés et que, finalement, le capitaine régla avec un billet de cent pesetas, sur lequel le patron rendit la monnaie — en pièces — qu'il déposa sur le comptoir après l'avoir extraite d'un autre tiroir. C'est seulement quand le capitaine eut plié la facture et laissé une pièce comme pourboire que le patron se leva et lui tendit la main par-dessus le comptoir.

« A la prochaine, mon capitaine. Bon voyage ! »

Lorsque, à travers la porte à tambour, il vit le capitaine s'installer sur le siège arrière du taxi et porter la main à son front, Fayón dit :

« Il est en train de se passer quelque chose, ici, c'est moi qui te le dis. Qu'est-ce que vient faire un homme qui arrive le samedi midi, après un voyage de presque trois heures, pour repartir en milieu d'après-midi sans même passer la nuit dans la chambre qu'il a prise ? Daniel, tu ne vas pas me dire que ce n'est pas bizarre. Il se passe ici quelque chose de bizarre. Tu vas voir, comme je vais me renseigner. »

Quand le capitaine arriva au fort — passant devant le Doria, il y jeta un regard intense, mais à la dérobée —, l'heure du dîner était passée. Mais il avait faim et il entra dans la cuisine, où le cuisinier, un fourrier et un marmiton jouaient aux cartes ; ils se mirent au garde-à-vous, penauds, pris en faute. Le capitaine se montra indulgent, et le cuisinier lui prépara une omelette et lui chauffa un verre de lait.

On vit à peine le capitaine dans le fort le lendemain ; il s'enfermait dans sa chambre, rôdait dans la montagne avec son cheval ou errait dans des dépendances et des pavillons à moitié abandonnés. Le jour suivant — c'était un lundi —, le coursier de Bocentellas se présenta pour solliciter sa présence au village à cause d'une affaire extrêmement grave.

Le capitaine, monté sur Obligar et accompagné de son ordonnance, sortit du fort ce même lundi à midi, après avoir confié le commandement de la forteresse au sergent Mayoral.

A son retour, le capitaine décida de refaire une

partie du chemin et d'inspecter la muraille nord, en longeant le fort de San Marcial. Il consulta sa montre ; cela faisait plus d'une demi-heure que la première ronde avait dû terminer son parcours. Des années auparavant, un pan de la muraille s'était effondré à la suite d'un glissement de terrain et, bien qu'on ait entouré le trou de barbelés, tout le monde dans le fort savait comment se faufiler par là au cas où il aurait été nécessaire d'éviter la surveillance. Il attacha Obligar à un ailante qui avait poussé au pied de la muraille — les pièces qu'il occupait se trouvaient presque juste au-dessus — et grimpa par les décombres. Il attendit un moment sur l'esplanade ; à cent mètres environ, assise au pied de sa guérite, la sentinelle fumait. La nuit était très noire. Le capitaine traversa toute l'esplanade, pour accéder au chemin de ronde de la muraille est et continuer jusqu'à la première barbacane. Il se pencha ; c'était plus ou moins l'endroit où s'étaient postés ceux qui avaient salué son arrivée. Le lieu était peu fréquenté, même par les vétérans qui choisissaient les coins les plus retirés pour fumer leur haschisch. Il alluma la lanterne mais ne distingua presque rien : des traces de pas, une boîte d'allumettes vide. Soudain, il crut entendre le murmure d'une conversation, dans la direction de San Quintín. Le capitaine préféra se diriger vers San Marcial, dont le chemin par le souterrain le menait tout droit à son pavillon.

Le capitaine enleva sa tunique et mit le pistolet dans sa poche.

Il avait encore la main sur la poignée et scrutait l'obscurité lorsque la voix d'Olvera résonna dans son dos.

« Capitaine Medina. »

Il reconnut le timbre d'une voix dans les ténèbres,

une petite toux, un « hum ». Olvera l'attendait dans l'angle à peine éclairé du couloir ; il était en civil, avec une chemise blanche et des pantoufles. Il lui fit un signe.

« Un moment, Medina, s'il vous plaît. »

Il disparut dans le couloir. Medina ferma sa porte et gagna l'angle du corridor. Au bout, éclairé par la lumière de sa chambre dont la porte était ouverte, Olvera attendait qu'il apparût et, quand il eut vérifié qu'il le suivait, il rentra dans sa chambre. Lorsque Medina apparut sur le seuil, Olvera était déjà assis dans un fauteuil de bois et de cuir repoussé ; les jambes allongées et les pieds croisés, les mains entrelacées et appuyées sur le bord d'une table de San Antoni où Medina ne vit rien d'autre que ses lunettes à monture dorée.

« Notre capitaine retourne à ses penchants », dit Olvera, les yeux baissés.

« Je ne sais pas ce que vous voulez dire, mon colonel.

— Un noctambule, vous êtes en train de vous convertir en noctambule, capitaine Medina. »

Medina quitta le seuil et avança de deux pas vers la table. Il était décidé pour une fois à abandonner les circonlocutions et à affronter carrément ses reproches.

« Pas plus que vous, mon colonel.

— Il y a beaucoup de façons de passer la nuit dehors », dit Olvera, le regard fixé sur la table. Sans laisser au capitaine le temps de répondre, il ajouta : « Je vous l'ai dit, capitaine, une seule erreur et tout s'effondre. La vie de la milice, c'est ça, une vigilance constante, la même rigueur dans la rue et chez soi qu'à la caserne. A difficultés plus grandes, plus grandes exigences. Capitaine, ajouta-t-il, levant lentement les yeux jusqu'à rencontrer ceux de Medina, vous m'avez déçu. »

Pour une fois, Medina fit montre de flegme.

« Je vous prie de vous expliquer, mon colonel, si tant est que vous le puissiez.

— Capitaine, vous pouvez en cette occasion recourir à l'insolence. Je comprends que vous vous trouviez dans une situation compromettante et je passerai sur vos manques de respect. Je vous demande seulement de considérer avec le même degré de compréhension la situation difficile dans laquelle vous nous avez tous mis, moi en particulier.

— Mon colonel, contrevenant aux ordres supérieurs, vous avez quitté le fort en plusieurs occasions et reçu des visites sans mon autorisation. Je m'étais proposé de ne pas y faire allusion mais, vu la façon dont vous prenez les choses, je dois vous rappeler que les premiers manques de respect viennent de vous.

— Ne tournez pas autour du pot, mon capitaine. N'essayez pas de détourner la conversation par des allusions à de petits incidents sans importance. Nous sommes en train de traiter un cas très sérieux dont dépend, ni plus ni moins, votre carrière.

— Ma carrière ? demanda Medina.

— Mon capitaine, l'un de nous deux va devoir faire appel au code et je préfère que ce soit vous. J'essaie seulement de vous aider. Je parle, bien sûr, du code de l'honneur. J'ai longuement réfléchi et je crois que vous n'avez pas d'autre solution que de solliciter votre mise en disponibilité.

— Vous ne pouvez pas savoir, mon colonel, combien je vous sais gré de votre aide... si désintéressée », dit Medina.

Olvera ne releva pas.

« Le code n'est rien, dit-il, s'il ne vient pas de soi-même. Et il ne peut s'imposer qu'à un sentiment en accord avec lui. La discipline n'est rien de plus que l'expression de cet accord, capitaine.

— C'est juste, je n'en ai jamais douté », dit Medina. Il appuya la main droite sur la chaise.

« Ce que vous faites avec cette femme est une chose qui vous regarde exclusivement tant qu'elle ne salit pas l'armée. En tant qu'homme d'honneur, vous ne pouvez pas faire autrement que de l'épouser, mais votre situation la rend incompatible avec ce que doit être pour nous l'épouse d'un officier... C'est ça le problème, quand on se fourre dans ce genre d'histoires, capitaine, on ne sait jamais où elles conduisent. Si vous choisissez de l'épouser, vous devrez solliciter l'autorisation nécessaire et vous ne pourrez pas empêcher qu'un rapport soit fait. Un rapport qui différera seulement dans les détails si vous optez pour une solution moins chevaleresque. Par conséquent, serait-ce beaucoup vous demander que de me dire quelle autre solution il vous reste, sinon solliciter votre mise en disponibilité et abandonner la carrière des armes ? Après quoi vous serez complètement libre de faire ce qu'il vous plaira avec cette fille. »

Medina retira la main de la chaise, la plongea dans sa poche, sortit son pistolet réglementaire, visa avec calme la poitrine d'Olvera et tira. Sur la chemise d'Olvera, à peu près à la hauteur du cœur, apparut une tache circulaire, comme une tache d'encre. Olvera demeura renversé sur le dossier de cuir repoussé, les mains sur les bras du fauteuil, la tête tombant sur la poitrine.

Le capitaine sortit dans le couloir, alla jusqu'au vestibule et ouvrit la porte. Il ne semblait pas que le coup de feu, résonnant sous les voûtes qui l'avaient assourdi, eût réveillé qui que ce fût. Il regagna sa chambre et retira d'une armoire un mouchoir propre et blanc. Puis il retourna dans la chambre d'Olvera et examina le corps. Il était mort. Il lui souleva la tête. Il l'écarta du siège, lui palpa le dos. La balle, logée dans la poitrine, peut-être dans le cœur même, n'était pas ressortie. Il lui ôta ses babouches et lui déboutonna sa chemise. Il lava la traînée de sang et, après avoir constitué une sorte de tire-bouchon avec le mouchoir, l'introduisit en appuyant dans l'orifice d'entrée.

Il laissa la porte de sa chambre ouverte, éteignit la lumière du couloir. Il chargea le cadavre sur son dos et l'emporta dans sa chambre, dont il ferma en partant la porte à clé. De retour dans la chambre d'Olvera, il vérifia qu'il laissait tout en ordre. Il posa les babouches à côté du lit et sortit d'une armoire une paire de souliers.

Il attendit dans sa chambre l'heure de la deuxième ronde. Puis il patienta encore environ un quart d'heure. Il ouvrit alors la fenêtre, écouta un moment et défenestra le cadavre, qui tomba au pied du mur, non loin de l'endroit où il avait attaché Obligar.

Il devait être trois heures du matin quand il arriva à la cave. Il ne lui fut pas difficile de faire sauter le cadenas. On entendait seulement un hibou, qui lançait un sifflement en ré, auquel un autre répondait de temps en temps, sur une autre note, venant d'un olivier tout proche. Il s'était préalablement muni d'une corde et il chercha une pierre qui pesât au moins dix kilos. Il tira sur le palan ; il retira de la cuve le cadavre du blond puis, le laissant pendre à un mètre du sol, il détacha le couvercle de béton et, à la place, attacha la pierre à ses pieds. Il le hissa de nouveau et, lorsqu'il l'eut amené au-dessus de l'ouverture de la cuve, il lâcha la corde qui le soutenait sous les aisselles ; le cadavre du blond fut immergé. Quand la surface du liquide se fut apaisée, le capitaine éclaira l'intérieur de la cuve avec sa lanterne : on ne distinguait qu'une tache floue, comme la lie de l'alcool. Puis il attacha le couvercle de béton aux pieds du cadavre d'Olvera et, à l'aide du palan, l'immergea à son tour dans la même cuve.

Le jour se levait quand il arriva à San Mamud, avec assez de présence d'esprit pour demander les nouvelles au sergent de faction.

Une fois dans sa chambre, il posa le pistolet sur la table, le nettoya et le rechargea. Il s'assit à la table et se mit à écrire sur du papier officiel à en-tête du régiment. Il regarda le pistolet, le porta à la bouche et, après un signe d'assentiment, le reposa sur la table. C'était une matinée de plomb et le capitaine préféra ne pas avoir à la subir ; il entrouvrit les volets et, seulement alors, remarqua le lit et son irrésistible invitation au repos.

XXVII

Les hommes se réunirent ce jour-là, en fin d'après-midi, dans l'établissement de Modesto. Le premier arrivé fut Domingo Cuadrado, se plaignant toujours d'avoir trop de travail.

« Qu'est-ce qui s'est passé avec le juge ? demanda-t-il.

— Rien. Monsieur Casiano et avec lui Carmelo sont allés là-bas, répondit Modesto. Il ne s'est rien passé, que je sache. Qu'est-ce qui pourrait fichtre bien se passer ?

— Ici, il ne se passe jamais rien. Allez, donne-moi une bière. »

Le jour déclinait. Modesto alla vers la porte. Sur la vitre pendait un écriteau avec des reproductions de différentes sortes de glaces.

« Regarde la fontaine.

— Qu'est-ce qui lui arrive ? demanda Modesto en s'approchant de la porte.

— Eh bien, tu ne remarques pas ? Aujourd'hui, elle donne plus d'eau que l'autre jour.

— Moi, je la vois toujours pareille, dit Modesto en retournant derrière son comptoir.

— Mais enfin, tu ne vois pas ? Moi, je te dis

qu'aujourd'hui elle a un débit deux fois plus gros que l'autre jour. Ce n'est pas possible que tu ne le voies pas. »

Environ une demi-heure plus tard, Carmelo Vales et Carbure arrivèrent ensemble.

« Qu'est-ce qu'il a dit, le juge ? demanda Cuadrado.

— Rien, dit Vales. Qu'est-ce que tu veux qu'il dise ? »

Carmelo expliqua ce qui était arrivé, sans mentionner le cadavre qui allait être enterré le lendemain. Il était resté dans la cave, recouvert d'une couverture, et monsieur Casiano avait promis qu'il se chargerait du travail.

« On prévient le capitaine ? » demanda Modesto.

Par-dessous le comptoir, Carbure donna un coup de coude à Vales.

« Il va falloir lui dire ? demanda Carbure.

— Qu'est-ce que tu prends ? demanda Vales.

— Je n'en sais rien. Qu'est-ce que tu as de frais ? »

Modesto, le couvercle du réfrigérateur levé, ne répondit pas.

« Pourquoi faudrait prévenir le capitaine ? On l'a assez ennuyé comme ça, dit Vales.

— Le capitaine, il aime bien être au courant de ces choses-là », dit Carbure.

Par-dessous le comptoir, Vales donna un coup de coude à Carbure. Monsieur Casiano entra.

« Bon, ça y est, tout est arrangé, dit-il.

— C'est ce qu'on était en train de dire, dit Vales. Qu'est-ce que vous prenez, monsieur Casiano ?

— Qu'est-ce que tu as de frais ? » demanda monsieur Casiano.

Modesto parcourut du regard les bouteilles empilées dans le réfrigérateur.

« Bon, eh bien, tu vas me donner un marc, celui de la bestiole », dit Carbure.

Modesto se retourna pour le chercher sur l'étagère.

« De celui-là, oui, de celui-là, dit Carbure.

— Eh bien, alors, tu ne voulais pas quelque chose de frais ? » demanda Vales.

Modesto posa devant lui un verre de couleur verdâtre et l'emplit de marc.

Carbure montra toutes ses dents. Il trempa ses lèvres.

« Allez, dit-il, et il avala son verre d'un trait, on va voir si je me transforme en millionnaire.

— Bon, dit Vales, mets-moi la même chose. »

Modesto leva de nouveau le bras pour atteindre la bouteille. Quand il la posa sur le comptoir, il demanda :

« Et vous, monsieur Casiano ?

— Bon, eh bien, puisque tout le monde est au marc, mets-m'en un à moi aussi. »

Modesto resta impassible. Il servit les deux verres. Vales leva le sien.

« A la santé du mort. On va voir si cette fois-ci on me fait ministre. »

Monsieur Casiano leva le sien. Tous les deux burent d'un trait.

« Et moi, chef d'État », dit monsieur Casiano.

Cet ouvrage a été réalisé par la
SOCIÉTÉ NOUVELLE FIRMIN-DIDOT
Mesnil-sur-l'Estrée
pour le compte des Éditions 10/18
en avril 1998

Imprimé en France
Dépôt légal : juin 1997
N° d'édition : 2771 - N° d'impression : 42680
Nouveau tirage : avril 1998